KB044099

내가
죽기
일주일 전

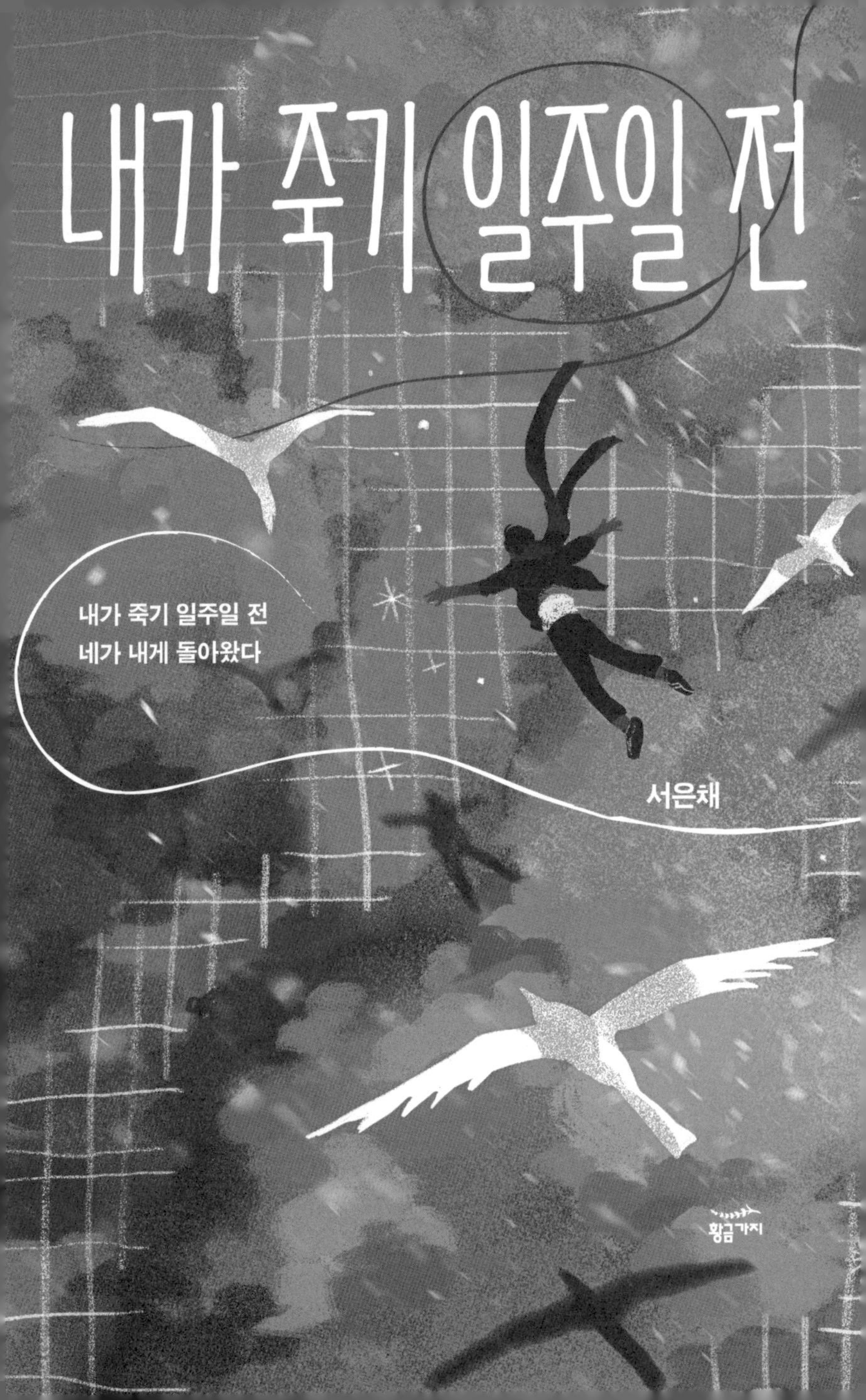
내가 죽기 일주일 전
내가 죽기 일주일 전
네가 내게 돌아왔다
서은채
황금가지

차례

내가 죽기 일주일 전

0.

어디선가 그런 말을 들은 적이 있다.

저승사자는 내가 가장 사랑하는 사람의 모습으로
찾아온다고 한다.

그리워하던 사람의 모습으로 나타나,

그리워하던 목소리로 이름을 부른다고.

꽃 몽우리가 막 돋아나기 시작한, 그런 계절의 밤이었다.

집으로 돌아가던 길, 길게 드리운 벚나무 가지 아래.

그곳에 네가 있었다.

"정희완."

네가, 내 이름을 불렀다.

발이 우뚝 멈췄다. 시선이 그 자리에 못 박히고.

의식보다 본능이 먼저 너의 이름을 토해 냈다.

"……김나무……?"

"너, 여전히 발음이 엉망이네. 내 이름 그거 아니라고
했잖아."

그러며 웃는데, 그 모양이 거짓말처럼 뚜렷해서 손을
뻗으면 사라질 것만 같았다.

눈을 뜬 채로 꿈을 꾸는 걸까 생각했다. 네가 내 앞에
있을 리가 없다. 이다지도 생생히, 질감마저 느껴질 정도로
선명히 내 눈앞에 있을 리 없다.

왜냐면 너는, 너는 이미 오래전에…….

"두 번이야."

"뭐……?"

"앞으로 두 번. 두 번만 더 불러. 그럼 고통 없이 편안하게
죽을 수 있어."

나로 인해 죽었으니까.

"불러. 내 이름."

내가 죽기 일주일 전, 네가 내게 돌아왔다.

1.

"간단하잖아."

끈질기다.

"그냥 불러. 두 번, 딱 두 번이면 끝난다고."

아무리 들리지 않는 척 무시하고 귀를 닫아도 너는 도통 포기할 줄을 모른다. 다른 방식으로 전개되는 말이라도 결국 다 똑같은 이야기. 그걸, 너는 지치지도 않고 반복했다.

"야. 너 진짜 교통사고로 죽고 싶어서 이래? 그거 내가 장담하는데 무지하게 아파. 그냥 지금 깔끔하게 정리하자. 속전속결. 너도 좋고 나도 편하고."

이대로 있으면 나는 일주일 후, 정확히 월요일 오후 5시 33분 40초에, 횡단보도를 건너다 신호 위반 차량에 치여 죽는다고 한다. 그러니 그 전에 자기 이름을 불러 달라고. 세 번, 딱 세 번이면 내 영혼이 네게 인계된다며. 더없이 평온하게 죽을 수 있는 방법이라고, 그러니 빨리 제 이름을 부르라고 그렇게 나를 닦달하는 것이다.

말로는 끈덕지게 나를 설득하려는 듯이 굴면서도 정작 네 시선은 책장에 못 박혀 있었다. 두꺼운 전공 서적을 슬렁슬렁 넘겨보며 그럼에도 입만은 쉴 새 없이 움직였다.

나는 펜을 놓았다. 앞에 놓인 백지를 멀거니 쳐다보다, 자리에서 일어나 네가 누워 뒹굴 대고 있는 침대로 다가섰다.

"비켜. 잘 거야."

나름대로 고민해 봤지만 역시 남길 말 같은 건 없다. 옵션으로 딸린 가구가 전부인 이 원룸에도 딱히 정리할 짐은 없다. 그러니, 남길 수 있는 것도 없는 셈이다.

너는 군말 없이 자리를 비켜 주었다. 나는 네가 비워 준 공간에 돌아누워 얇은 이불을 둘러썼다. 등 뒤로 사람의 체온이 느껴진다. 그 느낌이 생경하다. 돌아보지 않아도 알 수 있었다. 너는, 그리고 나는, 우리는 서로 등을 맞대고 누워 제각기 다른 상념에 빠져들었다.

생각은 자연히 너에게 닿았다.

너는 뭘까. 네가 너의 인두겁을 둘러쓴 저승사자라면, 어째서 열여덟 어렸던 네가 아닌 내 또래의 어른 남자가 등 뒤에 있는 걸까. 마치, 네가 정말로 살아 나이를 먹고 성장해 어른이 되기라도 한 것처럼.

역시 꿈인 걸까. 눈을 감았다 뜨면, 잠시 잠이 들었다 깨어나면 놓치고 마는.

"잔다며. 왜 불 안 꺼."

"……무슨 상관이야."

"너 환한 거 싫어하잖아."

나는 아침을 싫어한다. 햇볕이 쨍쨍 내리쬐는 한낮도 싫어한다. 제일 싫은 건, 하얗게 빛나는 형광등 불빛이었다.

한순간 손끝이 딱딱하게 굳었다.

어째서.

어째서 네가.

"불 끈다."

책장을 덮는 소리가 들리고 거의 동시에, 불이 꺼졌다.
어둠이 완연하다. 다시 등이 맞닿았다.

"정희완. 또 안 돌아가는 머리 굴리지?"

짙은 어둠 속에서 네 목소리만이 나직하게 울렸다.

나는 눈을 감았다. 환청이 겹쳐 들렸다.

또, 또 안 돌아가는 머리 굴리는 중이지?

"굴리지 마. 별 거 없어. 여기 있을 거야."

그 버릇 고치랬지. 쓸데없이 복잡하게 머리 굴려서 뭐하냐. 그냥
있는 그대로 받아들여.

"그러니까 자."

날도 좋겠다, 집에 틀어박혀 있기 심심하니까 나가서 놀자는
거잖아.

거짓말.

너는 비겁하다. 언제나, 언제나 그랬다.

2.

어린 시절, 최초의 기억은 불이 환한 병실 안이었다.
당신은 초췌한 모습으로 누워, 나와 손가락을 걸며
약속했다.

집에 가서 코 자고 있어, 우리 완이. 엄마가 내일 아침에 꼭
데리러 갈게.

어린 나는 고개를 끄덕이며 점점 멀어지는 당신을
향해 힘차게 손을 흔들었다. 나는 믿었다. 어리석고, 또
순진하게도. 약속했던 아침이 되었지만 당신은 더 이상
없었다. 어디에도.

어디에도.

너 내가 뭐랬냐. 내가 뭐랬어. 내가 그렇게 죽는다고 반대해도
듣는 시늉도 안 하고 기어코 저, 저 비실비실한 계집애랑 날름
도장부터 찍고 보더니, 응? 아이고 이놈아. 이 꼴이 이게 뭐야,
응? 이게 다 뭐야. 고추도 아니고 달랑 계집애 하나 낳아 놓고
덜컥 남의 귀한 아들 홀아비를 만들어? 저가 다 뭐라고. 저가
다 뭐라고! 뭐가 잘나서. 맨몸으로 시집와선 저 병원비로 집안
기둥 뽑아먹더니, 이젠 초상까지 치르게 만들어. 아이고. 차라리
딸년이나 낳지 말고 죽든가. 저게 마지막 가는 길까지 네 앞길을
막는다. 너 이제 어쩔 거야. 저 어린 거 저거 어쩔 거야. 아이고,
답답증에 내가 죽지. 내가 죽어.

길고 긴 장탄식이 이어지는 내내 당신은 말이 없었다. 하얗게 불이 밝혀진 병실 안, 텅 빈 침대 앞. 당신은 무력하게 침묵했고 비난과 한탄은 끊임없이 내리꽂혔다. 멀찍이 보이는 구부린 등이 한없이 초라했다.

빈 침대, 당신이 떠난 자리.

슬픔은 온데간데없고 그저 원망만이 남아 병실을 가득 메웠다. 답답하다는 듯 연거푸 제 가슴을 내려치는 소리에 나는 끝내 귀를 막고 주저앉았다.

……엄마.

불현듯 새어나온 부름에 답은 없었다.

앞으로도 영영 없겠지.

영영.

3.

잠시 뒤척인 것 같았는데 눈을 뜨고 보니 아침이었다.
창가로 스며드는 햇살에 눈이 부셨다. 누가 커튼을 걷어
놓은 것이다. 잠이 덜 깬 머리로 멍하니 생각했다. 대체
누가.

"깼어?"

목소리가 귀를 두드렸다. 가물가물한 시선을 돌리자 네가
보였다. 의자에 앉아 어젯밤 내가 남긴 백지를 들여다보고
있는 커다란 등이.

"밥이나 먹자."

너는 자리에서 일어나 자기 집이라도 되는 양 자연스럽게
냉장고 문을 열었다. 멀거니 일련의 움직임들을 눈으로
좇는다. 무엇 하나 현실감이 없다. 나는 일어나 네가 바닥에
흘리고 간 종이를 주워들었다. 어젯밤까지만 해도 백지였던
종이가 어느새 글귀를 품고 있었다.

뭘 보냐.

딱히 대단한 내용은 아니었지만, 겨우 세 글자가 한
귀퉁이를 차지하고는 내게 깐죽거린다. 나는 종이를 구겨
책상으로 던졌다.

너는 네가 아님에도 그대로다. 아무것도 변하지 않았다.
이런 사소한 장난마저도. 어째서일까. 나는 의문만을

품으며 너의 등을 따랐다. 한참 냉장고를 뒤적거리던 네가
투덜거렸다.

"무슨 사람 사는 집 냉장고에 생수 말곤 든 게 없어. 너
대체 뭐 먹고 살았냐? 안 굶어 죽은 게 용하다."

낡은 냉장고 안에 있는 내용물이라곤 생수 몇 병과
억지로 떠안은 비타민제 정도가 다였다. 하루 전만 해도 썩
없진 않았지만 모두 버렸다. 왜 버렸더라. 기억나지 않는다.

너는 결국 없는 음식물을 찾아내길 포기하고 냄비에
물을 끓였다. 찬장에서 유통기한 지난 라면을 발굴해 낸
모양이었다.

바닥에 두툼한 전공 책이 깔리더니 그 위로 뜨거운 김이
모락모락 올라오는 냄비가 자리 잡았다. 네가 젓가락을
내밀었다.

"먹고 죽을 만큼은 안 지났어. 먹어."

받지 않자, 억지로 내 손을 끌어다 젓가락을 쥐여 주었다.
그러고는 허겁지겁 그릇에 코를 박고 면발을 삼켰다. 꼭
라면을 처음 먹어 보는 사람처럼. 즐거워 보였다.

거기에 이끌려 나도 손을 뻗었다. 한 가닥 물자 그리운
맛이 났다.

기억났다. 저녁 급식을 엎고 돌아온 날, 싫다는 나를 반쯤
떠밀다시피 해 마주 앉힌 네가 냄비 가득 라면을 끓였다.
정작 나는 입도 대지 않는데 너 혼자 열심히 그릇을

비우더니 이내 밥까지 잔뜩 말아 왔다. 나는 그 등쌀에 떠밀려 별수 없이 국물을 깨작거리며 연신 네 얼굴을 훔쳐보았다.

뭘 그렇게 봐.

"뭘 그렇게 봐."

찰나 시선이 맞닿았다. 기억이 깨지고 그 사이로 현실이 불쑥 고개를 내민다. 나는 눈을 내렸다. 빈 그릇이 보였다. 네게 내밀자, 너는 한숨을 내쉬더니 곧 그릇이 넘치도록 면을 담아 건넸다. 네가 그랬던 것처럼 그릇에 코를 박고 한 가닥 한 가닥 집어삼켜 본다. 시선이, 잠시 머리 위로 머물렀다가 멀어졌다.

"이대로 종일 누워 있을 생각은 아닐 거고. 뭐 할래? 하고 싶은 거 있으면 말해 봐."

"……없어."

학교엔 휴학계를 제출했고 아르바이트는 어제부로 그만뒀다. 남길 말도 없는데 하고 싶은 일 같은 게 있을 리가 없다. 나는 네게서 빈 그릇을 뺏어 들고 싱크대로 향했다. 시선이 집요하게 뒤를 좇아온다.

"나가자. 날씨도 좋은데."

"싫어."

"또, 또. 너 생각도 안 해 보고 무조건 싫다는 소리부터 하지?"

싫다는 소리부터 하는 게 아니라 정말로 싫은 거다. 입술을 달싹였다가, 다시 다문다. 말하고 싶지 않다. 너에겐, 아무것도.

"내 생각엔 일단 마트부터 가야 해. 달랑 일주일이라도 먹어야 살 거 아냐. 이대로는 시간 되기도 전에 굶어 죽겠다."

"그게 더 좋은 거 아닌가. 빨리 죽으라며."

한시라도 빨리 남은 두 번을 마저 채우고 죽어 편해지라더니 이제 와서 굶어 죽을까 봐 걱정한다. 이상한 논리다. 생각하기도 전에 말이 튀어나와 너에게로 날아갔다. 기묘한 침묵이 내려앉았다.

"……그래. 그랬지."

네가 허탈하다는 듯이 웃었다. 목소리가 바짝 다가붙었다. 너는 곧잘 그랬던 것처럼 바투 다가서서 나를 내려다보았다.

"그래도 그건 보기 싫다."

왜. 그렇게 물으면 너는 무슨 표정을 할까.

"가자."

말하는 투가 어딘지 간절해서 나도 모르게 고개가 움직이고 말았다.

"이것만 마무리하고."

그러니 좀 비켜 줬으면 좋겠는데. 그러나 너는 움직이지 않았다. 그릇을 모두 헹구고 건조대에 엎어 두는 동안 너는 내내 그 자리에 못 박힌 듯이 서 나를 지켜보았다. 시선이 닿는 자리마다 따갑다. 나는 부러 네 쪽을 보지 않고 나와 손에 집히는 대로 신발을 꿰어 신었다. 서둘러 따라 나온 네가 문을 열었다.

쏟아져 들어오는 봄볕 사이로, 네가 발을 뻗었다.

없다. 이토록 흔적이 확연한데, 없다.

앞서 걷는 네 등 뒤론 그림자가 없었다.

4.

장례가 끝난 밤, 당신은 초췌한 얼굴에 애써 웃음을 물고 나를 보았다. 힘없는 손이 내 머리를 쓰다듬었다.

희완아. 아빠가, 아빠가 잘할게.

얌전히 고개를 주억거리는 것 말고는, 아직 어린 나는 할 수 있는 일이 없었다.

괜찮을 거야. 다 괜찮아질 거야.

그 말에 확신은 없었다. 그저, 바람만이 담겨 있었을 뿐.

5.

너는 앞장서서 카트를 밀고 걸으며 손에 집히는 대로
물건을 툭툭 던져 넣었다. 일견 제멋대로인 것 같지만
거기엔 언제나 일정한 법칙이 있었다. 아줌마가 좋아하는
와플. 아빠가 좋아하는 새우 과자. 가끔 내 입에 넣어 주던
막대사탕. 그러고 나서야 마지막으로, 네가 좋아하는 감자
칩을 집었다.

가끔 네가 마지막 순서를 빼먹으면, 나는 몰래 과자를
등 뒤에 숨겼다가 카트 귀퉁이에 밀어 넣곤 했다. 계산대에
물건을 올리던 네가 그걸 발견하면 자연히 눈이 마주쳤다.
그럴 때면 너는 말없이 웃었다.

오늘도 너는 부지런히 카트를 채웠다. 네가 정해 놓은
너만의 법칙대로. 그리고 나는 네가 골라 넣은 것들을
모조리 빼다 도로 제자리에 돌려놓았다. 너는 표정 없는
얼굴로 내가 하는 양을 가만히 바라보았다. 나는 눈에
보이는 대로 감자 과자를 들어 카트를 채워 넣었다.
무의식중에 이를 악물고 있었던 모양이다. 미세한 통증이
일었다. 너는 짧게 한숨을 내쉬고는, 다시 카트를 밀기
시작했다.

넓은 카트 안에 갖가지 감자 과자들이 넘쳐 난다. 너는
과자를 한쪽 구석으로 밀어붙이고 남은 공간에 각종

식자재를 차곡차곡 쌓아 나갔다. 나는 종종걸음으로
그 뒤를 따랐다. 평일 낮의 마트는 한산했지만 곳곳에
자리잡고 선 직원들이 열성적으로 시식을 권유하고 있었다.
너는 그중 한 사람 앞에 우뚝 멈춰 서더니 짐짓 살갑게
인사하며 만두를 받아들었다.

"아."

그걸, 내 쪽으로 불쑥 들이밀었다. 재촉도 않고, 너는 그저
만두 조각이 물린 이쑤시개를 들고만 있었다. 마주 보이는
눈이 고집스럽다. 별수 없이 입을 열자, 금세 온기가 입안을
타고 돌았다.

"아유, 신혼부분가 봐. 금슬이 좋네. 신랑이 참 다정도
하다. 신랑분도 한 입 들어봐요, 응? 내가 가격은 못 깎아
줘도 증정은 넉넉하게 챙겨 드릴게."

이쑤시개를 받아들던 네 손이 한순간 어색하게 굳었다.

"……남맵니다."

"어머. 그래요? 난 또 워낙 다정해 보이길래……. 왜,
그렇잖아. 우리 집 애들만 해도 눈만 마주쳤다 하면
싸움이거든. 아이고, 내가 실수했네."

"저희가 좀 안 닮았죠? 동생은 아버질 닮고 전 어머닐
닮았거든요."

그런 말 많이 들어요. 좀 안 닮았어야지. 에이, 헷갈리실
수도 있죠. 뭐 그런 걸로 사과씩이나. 대신 증정이나 많이

챙겨 주세요. 예, 감사합니다……. 부지불식간에 발이
움직였다. 정신없이 걷고 또 걷는 만큼, 이어지는 말들이
점점이 사라져간다. 걸음도 같이 빨라졌다. 간신히 그
장소를 벗어나 참았던 숨을 토해 내자 머리가 핑핑 돌았다.
속이 메스껍다.

"너 왜 혼자 가고 그러냐. 그러다 미아 되면 버리고
간다?"

너는 지극히 태연한 얼굴로 나타나 대수롭지 않다는 듯
내 팔을 붙잡았다.

"대충 다 고른 거 같은데. 가자, 이제."

그럴 수 없는 나는, 네 손을 뿌리치고 물러섰다. 얼얼한
냉기가 등 뒤로 와 닿았다. 마침 주류코너였다. 나는 닥치는
대로 손을 뻗어 술병을 집어들었다. 한아름 안아 들고
빠르게 계산대를 향해 걸었다. 너는 바로 쫓아오지 않았다.
대신 시선만이 뒤를 좇았다. 결국 멈춰 서, 나는 메마른
목을 울려 소리를 뱉었다.

"가자며."

"……몇 병 됐다 뭐하냐. 괜히 팔 고생시키지 말고 여기
넣어."

"싫어."

나는 고집스레 대답하곤 계산대를 향해 걸었다. 너는 한
차례 한숨을 내쉬더니 조용히 카트를 밀었다.

지금 손에 들린 것들, 저 카트 안에 실린 것들, 그리고 너. 이 모든 것에 다 무슨 의미가 있을까. 일주일 후, 어차피 나는 죽을 텐데.

6.

여섯 살. 나는 언제나 혼자였다.

유일한 가족인 아빠는 항상 바빴다. 엄마의 병이 남긴
빚이 아빠를 바쁘게 했기 때문에. 그러나 또 그렇게 허덕일
정도까진 아니었던 모양이다. 아니면 무리해서라도 내겐
좋은 것만 안겨 주고 싶었던 걸까.

레이스가 팔랑거리는 원피스. 긴 금발이 탐스러운
바비 인형. 커다란 리본이 달린, 둥근 코의 에나멜 구두.
또래의 여자아이들이 부러워하는 모든 것을 안고 나는 늘
혼자였다.

아이들은 나를 좋아하지 않았다. 무리에 끼려 애써 본
적은 없지만 본능적으로 알았다. 내가 그네에 앉아 있으면
그 애들은 그네를 피해 놀았고, 내가 벤치에 앉아 있으면 그
애들은 그네로 몰려갔다. 탐이 나는 듯, 개중 몇이 내 손에
들린 인형을 향해 눈을 힐끔거렸지만 그걸로 끝이었다.
아이들은 고집스레 나를 외면했다.

아무래도 좋았다. 어차피 어울려 놀기 위해 나간 건
아니었으니까. 단지 시간을 때울 장소와 쓸 만한 정보가
필요했을 뿐이었다. 걱정 많은 당신에게 오늘도 놀이터에서
놀았어, 내 친구는 몇 호 누구누구야 하고 둘러댈 만한
정보가.

넌 왜 맨날 혼자야?

단조로운 일상에 네가 나타난 것은 여느 날과 같은 평범한 오후였다. 저들끼리 어울리던 아이들이 이쪽을 보며 수군거렸다.

……다들 날 싫어해.

왜?

몰라.

밤톨 같은 머리통의 남자애였다. 까만 눈이 호기심을 담고 나를 훑어보더니 씨익 웃었다.

알겠다. 네가 너무 예뻐서 그래.

뭐?

네가 너무 예뻐서 그렇다고.

너 바보야?

네가 멋쩍은 듯이 머리를 긁적거렸다.

아니야 이거? 울 엄만 예쁘단 소리 되게 좋아하는데.

너 바보지?

그렇게, 네가 내 삶 속으로 걸어 들어왔다.

7.

집으로 돌아가는 길.

너는 양손 가득 짐을 들고 앞장서 걸었다. 나는 내게
주어진 몫의 짐을 들고 그 뒤를 천천히 따랐다. 볕이 좋은
오후였다. 바람에 꽃잎이 팔랑거린다. 그 광경에 문득
생각이 미친 것일까, 네가 불쑥 말을 꺼냈다.

"꽃놀이하러 갈래?"

"……왜?"

"너 술 왕창 샀잖아. 그 잠깐 새 알차게도 골랐더라.
종류별로."

그러니까 술과 꽃의 상관관계가 뭐냐고 되묻고 싶지만,
무슨 뜻인지 모르지는 않았다. 매년 이맘때면 벚나무가
늘어서 있는 거리마다 사람이 넘쳐 난다. 집 근처에도
명소로 유명한 공원이 있었다. 가 본 적도, 가 볼 생각도 한
적 없지만.

"기억 안 나? 우리 어릴 때 약속했었잖아. 어른 되면 벚꽃
밑에 돗자리 깔고 맥주 한 잔, 그거 우리도 해 보자고."

그건 그냥 일방적인 선언이었다. 네가 생각하고 네가
말하고 나는 그저, 마음 깊이 묻어 두었던.

"이거 죄다 들고 나갔다간 아주 주류 백화점이겠네. 뭐
먹을래? 먹을 것만 골라."

"······다."

너는 내게 참 많은 약속을 했었다. 나중에 크면 별똥별
보러 가자. 기차 타고 놀러 갈래? 어디가 좋을까. 산도 좋고
바다도 좋고. 그래, 일출은 어때. 그런 거 한 번쯤은 볼
만하지 않냐······, 같은 말들을 내게 참 많이도 해 놓았다.

그래서 나는.

"너 설마 거기 돗자리 깔고 앉아서 저거 다 팔 계획은
아니지?"

"바보냐?"

"그럼 저걸 다 먹겠다고?"

네가 말한 그 모든 것들을, 하나도 실행에 옮기지 않았다.

"못 본 새 아주 술고래가 다됐네."

"어른이니까."

나는 살아남아 어른이 되어 버렸다. 너는 죽어 어른이
되어서 내게 돌아왔다. 툭 내뱉은 말에 네가 짧게 혀를
찼다.

"그러다 알코올 중독자 치료 센터에서 말년 보낼 일
있냐."

"무슨 상관이야. 어차피 일주일도 안 남았다며."

"그럼 지금 할래?"

그 찰나, 돌아보는 네 표정이 선득했다.

"불러."

"……."

 쉬운 일이다. 단지 이름을 부르는 것, 두 번. 그게 뭐라고.
그러나 나는 발을 재촉해 너를 지나쳐 빠르게 걸었다.
적어도 지금은 하고 싶지 않다. 왜냐면 그건 너무, 너무나
쉬운 일이니까.

8.

어머나. 네가 602호 공주님이지?

조심스레 다가온 얼굴이 눈을 접으며 다정하게 웃었다.
볼우물이 깊게 파인 입가. 활짝 벌어진 입술. 그 사이로
보이는 가지런한 치아와 잇몸. 커다랗고 동글동글한 눈동자.
전체적인 인상이 마치 강아지 같았다. 아줌마는, 너의
엄마는 너와 닮았으면서도 한편으론 닮지 않았다.

첫눈에 생각했다. 예쁜 사람이구나.

공주님 아니에요.

아니야? 이렇게 예쁜데 하며 당신이 고개를 갸웃거렸다.
엷은 분홍빛의 입술은 여전히 호선을 그리고 있었다.
소리 내어 웃지 않아도 언제나 웃는 듯한 인상을 지닌
사람이었다. 그 눈동자에, 입술에, 내미는 손길에 다정함이
가득 배어 있는.

왜 혼자 있니? 아빠는?

일하러 가셨어요.

아.

당신이 탄성을 내지르더니 덥석 내 손을 붙들었다. 낯선
손길이 당황스러웠으나 피하지는 못했다. 따뜻해서, 그리고
예의 그 바보 같은 애가 싱글벙글 멍청한 얼굴로 쳐다보고
있어서.

아줌마 집은 601호야. 괜찮으면 우리 집에 밥 먹으러 올래? 람우 너도 좋지? 응?

뭐. 오늘 하루 정도야, 못 놀아 줄 것도 없지.

이상한 사람들이다. 나는 고개를 저었다.

모르는 사람 함부로 따라가지 말랬어요.

어머.

당신이 기특하다는 듯 내 머리를 쓱쓱 쓰다듬었다. 역시 이상했다. 한없이 연약하고 사랑스러운 생물이라도 보듯 괴이쩍은 눈빛이었다. 비 오는 날 박스에 담겨 버려진 새끼고양이라도 발견한 사람들 같았다. 하지만 그날은 해가 쨍쨍 맑은 날이었고, 나는 새끼고양이 같은 게 아니라 혼자만의 고독을 즐기는 어엿한 사람이었다. 단지 나이가 어렸을 뿐. 그렇게 항의하고 싶었지만 안타깝게도 그럴 기회는 주어지지 않았다.

당신의 말이 먼저 심장을 두드리고 들어왔다.

그럼 각자 자기소개부터 할까? 내 이름은 김인주고, 너희 옆집에 살아. 얜 내 아들. 이름은 김람우. 자, 우리 귀여운 공주님은 이름이 뭐야?

……정희완.

와. 우리 이제 아는 사이다, 그지. 아줌마랑 친구 하지 않을래?

정상적인 어른은 어린애랑 친구 안 한다고 했어요.

나는 하고 싶은데, 안 돼? 어려울까?

……한 번쯤은 기회를 드릴게요.

와! 기뻐라. 가자, 내가 맛있는 거 해 줄게. 아빠한테 전화 드리게 번호 가르쳐 줄래?

내가 또박또박 부르는 번호를 받아 적은 당신이 아빠에게 전화를 걸었다. 통화는 금방 끝났다. 당신은 잔뜩 들뜬 기색으로 콧노래까지 흥얼대며 내 손을 부드럽게 쥐었다. 당신을 닮아 눈빛이 서글서글한 바보가 나머지 한 손을 잡고 내 귓가에 소곤거렸다.

야. 이건 비밀인데, 우리 집 밥 되게 맛없어. 울 엄마 요리 완전 못해.

네가 개구지게 웃었다. 고개를 휙 돌리면서도 차마 그 손을 뿌리치지는 못해서. 나는 두 사람과 함께 식탁에 둘러앉아 밥을 먹었다.

네 말대로, 아줌마가 호언장담했던 맛있는 밥은 정말로 맛이 없었다.

내 말이 맞지?

너는 말했다. 나는 고개를 저었다.

아니.

9.

원래 벚꽃은 밤이 진리라는 네 주장에 따라 해가 다 지고
나서야 공원으로 향했다. 이제 꽃이 질 일만 남아서일까,
공원 안은 생각보다 한산했다. 너는 커다란 나무 아래
벤치에 가져온 짐들을 가지런히 올려놓고 앉았다. 모두 다
가져가겠다는 내 주장은 존중받지 못했다. 캔 맥주 몇 개와
콜라, 안주 삼을 주전부리 몇 가지가 네가 챙긴 전부였다.

너는 맥주 캔을 따 내게 넘겨주고는 콜라를 집어들었다.
무슨 생각인지, 입을 갖다대다 말고 느닷없이 제멋대로 내
캔에 부딪혀 온다. 건배, 네 입에서 흘러나온 단어였다.

"위하여!"

술도 아닌 콜라를 단숨에 꿀꺽꿀꺽 삼켜대는 품이,
드라마에서나 종종 보던 회식 자리에 참석한 직장인이라도
된 것 같은 모양새였다. 뭘 위하겠다는 걸까, 이상한
말이었다.

"이런 거 꼭 한번 해 보고 싶었는데. 좋네."

네가 빈 캔을 내려놓으며 씩 웃었다.

"왜?"

"버킷리스트 같은 거지. 누구나 마음속에 그런 거
하나쯤은 품고 있는 거 아니겠어?"

맥주를 한 모금 들이켰다. 쓰다.

버킷리스트, 죽기 전에 하고 싶은 일. 죽기 전에 남기고 싶은 말.

"넌 왜 없냐."

"……뭐가."

"하고 싶은 일. 있으면 말해. 얼마 안 남았잖아, 같이 해 줄게."

있을 리 없다. 왜냐면.

"술, 왜 안 마셔?"

"나중에. 일 끝나면 그때 실컷 마셔야지. 지금은 근무 중이잖아?"

내 유일한 소망은 이미 이뤄졌으니까. 더없이 기이한 형태지만 어쨌든 손에 닿는다. 볼 수 있다. 말할 수 있고, 들을 수 있다. 그것만으로도, 나는.

너는 간택이라도 하듯 진지한 눈으로 남은 음료수 캔들을 살폈다. 길쭉한 손가락이 알루미늄 몸체 위를 배회하다 이윽고 하나를 집어냈다.

"왜 의심 안 하냐?"

"뭘."

"이상하잖아."

네 손가락이 너를 가리켰다.

"이런 거 있을 리가 없잖아. 안 그래?"

나는 네가 했던 것처럼 단박에 맥주 캔을 비웠다. 익숙지 않은 탓인지, 금세 목 안이 홧홧하게 타올랐다.

"넌 원래 이상해."

네가 다시 캔을 따 내밀었다. 한 모금씩 홀짝홀짝하는 사이로 하늘하늘 꽃잎이 떨어져 내렸다.

"정희완."

"왜."

"고집 세고 까다롭고 복잡하고 생각 많은 정희완."

커다란 손이 불쑥 눈앞을 타고 올라와 머리를 온통 헝클어트렸다. 흐트러진 머리카락이 시야를 가려 네 얼굴이 제대로 보이지 않았다.

"나는."

"……"

"너를."

아무리 기다려도 뒷말은 이어지지 않았다. 손은 갑자기 다가온 것처럼 갑자기 멀어졌다. 할 수 있는 일이 그것밖에 없어서, 나는 연신 손에 들린 술만 삼켰다. 묻고 싶었다.

너는, 나를.

……미워해?

10.

너는 아빠가, 나는 엄마가 없다. 기묘한 인연이었다.
우리는 마침 옆집에 살았고, 서로의 부족함을 채워 주기에
적당한 조건을 갖췄다.

아빠는 해가 질 즈음이면 퇴근했고, 아줌마는 그 무렵에
출근해 이른 아침이 되면 돌아왔다. 아줌마의 언니가
운영하는 편의점에서 야간근무를 한다고 했다. 아줌마가
돌아오면 우리는 다 함께 모여 아침밥을 먹었다. 아빠가
출근하고, 너와 내가 나란히 유치원으로 향하면 아줌마는
그제야 잠을 청하곤 했다. 유치원이 파하면 나는 너희
집으로 돌아가 저녁을 먹었고, 아줌마가 출근하면 너는
우리 집으로 와 내 곁에서 잠들었다.

그렇게 우리는 삶을 공유했다. 당연한 것처럼 네가 곁에
있었다. 그런 날들이 영원히 계속될 줄만 알았다.

그날, 사고가 일어나기 전까진.

11.

오랜만에 숙취와 함께하는 아침이었다. 너는
해장용이라며 또 라면을 끓였고 나는 묵묵히 면을 입안에
욱여넣었다. 식탁을 치우기가 무섭게 네가 종이와 펜을
들고 와 나를 앉혔다.

"뭐야."

"쓰라고. 버킷리스트."

나는 빈 종이를 노려보았다. 당연하지만 노려본다고 해서
없던 활자가 갑작스레 생겨나는 일은 없었다. 불합리하게도
그것이 불만스러워서, 가차 없이 펜을 던졌지만 소용없었다.
네가 잽싸게 받아 억지로 쥐여 주었다.

"일단 불러 주는 대로 써."

그럼 그건 내가 아니라 네 버킷리스트잖아.

"1번."

꾹꾹 눌러 네가 부르는 숫자를 쓴다. 도중에 펜이
부러졌으면 좋겠다, 헛된 기대를 품으면서.

"친구 만들기."

"……뭐야, 그게."

"너 여전히 친구 없잖아."

"있어."

"거짓말하면 코 길어진다."

"……."

내가 피노키오도 아닌데, 무슨.

"상식적으로 말이야. 대학가 앞에서 자취하는 자취생
방에 며칠 동안 현관문 두드리는 사람이 하나도 없다는
게 말이 되냐? 이 집에 초인종이 필요하긴 해? 쓸 일이
없는데."

네가 열변을 토했다. 글쎄, 쓸모없다고 사라져야 하는
거면 이 세상의 반은 없어져야 할걸.

너는 말이 안 된다고 우기지만, 내 세상에선 얼마든지
말이 된다. 나는 줄곧 혼자였으므로. 네가 없는 세상에선,
언제나.

12.

오늘 반찬이 좀 부실하지? 많이 먹어.

킥킥대는 소리가 곳곳에서 울렸다. 나는 식판을 물끄러미 내려다보았다. 밥이 쓰레기로 뒤덮여 엉망이었다. 지독한 냄새가 코끝을 간질였다. 자연히 손에 힘이 들어갔다. 주동자가 누군지는 뻔했다. 바로 내 앞에서 보란 듯이 웃고 있었으니까. 그 웃는 얼굴에 식판을 집어 던졌다.

순식간에 급식대 주변이 엉망이 됐다. 악악대는 비명이 울려 퍼졌다. 킬킬대던 무리가 일제히 당황하며 무너지는 애를 부축했다. 교실에 싸늘한 정적이 맴돌았다. 나는 조용히 자리로 가 가방을 챙겼다. 교실 문을 빠져나오는 그 순간까지, 웅성거리기만 할 뿐 아무도 나를 붙잡지 않았다.

정희완!

아니. 단 한 명이 나를 잡았다. 익숙한 목소리가 발걸음을 붙잡고, 따스한 손이 내 가방을 붙들었다.

괜찮아? 무슨 일이야, 이게.

너는 급히 달려온 듯 숨을 헐떡거렸다. 주위가 소란스러웠지만 아무것도 들리지 않았다. 오로지 너만 보였다.

너만.

아무것도 아니야. 놔.

나는 너를 뿌리치고 어느새 몰려든 구경꾼들을 헤쳐 걸었다. 너는 더 쫓아오지 않았다. 차라리 잘됐다. 그런 생각만 들었다.

흔한 일이었다, 언제나 겪어 온. 그리고 내일도 겪을. 아주 오랫동안 내 세상에 들어온 사람은 너뿐이었다. 그리고 나는 바랐다.

너만이 내 세상의 전부이길.

13.

친구 만들기.

영화 보기.

근사한 레스토랑에서 저녁 먹기.

아빠한테 사랑한다고 말하기.

여행 가 보기.

새해 일출 보기.

연애하기.

화이트 크리스마스에 데이트.

눈사람 만들기.

카페에서 스터디 하기.

졸업사진 찍기.

정장 입고 면접 보기.

면접용 사진 포토샵 하기.

자기소개서 쓰고 소설이라고 욕하기.

회식 참석하기.

축의금 내 보기…….

네가 부르는 내용은 점차 이상해져 갔다. 지금 당장 할 수 있는 일보다 무사히 미래에 안착해야만 할 수 있는 일들이 점점 더 많아져, 마치 누군가의 일생을 엿보고 있는 것 같은 기분이 들었다.

너는 또 말했다. 아빠 환갑잔치 해 드리기. 미처 참아내지 못한 질문이 뾰족하게 튀어나왔다.

"그건 몇 년이나 더 살아야 할 수 있는 거야?"

네가 부드럽게 웃었다.

"글쎄, 한 16년쯤?"

"……생각보다 길지 않네."

너의 버킷리스트는 계속해서 이어졌다. 손자 손녀 재롱 보기. 내 환갑잔치 치르기. 고희연……. 나는 더 참지 못하고 끼어들었다.

"대체 몇 살까지 살라는 거야?"

"백 세 인생이라잖아. 시대가 시대인데, 그 정돈 살아 줘야지."

마지막으로, 네가 선언하듯 말했다.

"백 년 뒤에 나랑 다시 만나기."

"뭐야, 그게."

뭔가 따뜻한 것이 뚝, 떨어져 내렸다. 너는 모른 척 빨리 쓰라며 나를 재촉했다. 나는 무서웠다. 네가 여전히 다정해서, 그래서, 그것이.

"됐네. 일단 1번부터 시작해 볼까?"

"……친구는 어떻게 만드는 건데."

"글쎄. 우선, 나가야겠지?"

네 부산한 재촉을 차마 이길 수 없어 기어이 밖으로

나서고야 말았다. 여전히 날씨가 좋았다. 주변을 물들인
바람에서 겨울 냄새가 완전히 가셨다. 계절은 완연한 봄을
그리고 있었다. 앞서가는 네 뒤를 따라 걷다 문득 나는
멈춰 섰다.

왜 너는 나와 나란히 걷지 않는 걸까. 왜 항상 앞서가는
걸까. 너의 뒷모습이 금방이라도 햇빛에 녹아 사라질 것만
같았다.

솔직해지자.

나는 겁이 났다. 네가 다시 사라질까 봐.

"안 오고 뭐 해?"

이름을 부르고 싶다. 네가 실재한다는 것을 확인하고
싶다. 그러나 그렇기 때문에 나는, 네 이름을 부를 수 없다.
딱 세 번, 그 순간 사라져 버릴 테니까.

"가고 있어."

"너 걸음 엄청 느린 거 아냐?"

"그래서 뭐."

너는 연신 투덜거리면서도 내 보폭에 맞춰 걸음을
늦췄다. 내 머릿속을 읽기라도 한 것처럼. 심장이
덜거덕거렸다.

시간이 가지 않았으면 좋겠다.

조금만 더.

14.

그날 너는 지독한 감기에 걸려 결석했다. 나는 혼자 학교로 향했다. 급식대 사건 이후 내 생활은 겉으로나마 평화로워졌다. 이제 그렇게 눈에 띄는 짓은 아무도 하지 않는다. 대신 교묘해졌다.

아침부터 날이 꾸물거린다 싶더라니, 수업이 끝나기 직전 비가 쏟아지기 시작했다. 가방을 뒤졌지만 미리 챙겨 두었던 우산은 보이지 않았다. 누가 가져갔을까. 답은 뻔했다. 굳이 고민할 필요도 없이.

자리에서 일어나기 무섭게 핸드폰이 울렸다.

기다려. 데리러 갈게.

나는 가방을 멨다. 문밖엔 장대비가 세차게 퍼붓고 있었다. 그 사이로 발을 뻗었다. 진동은 띄엄띄엄 계속해서 울렸다.

가지 말고 기다려.

너 그냥 가는 거 아니지?

다 와 간다 좀만 기다려라.

금세 온몸이 흠뻑 젖어 들었다. 나는 빠른 속도로 교문을 벗어났다. 집을 향해 바쁘게 걷는 중에도 자꾸만 진동이 울렸다. 마침내 도착했을 때는 영락없이 물에 빠진 생쥐 꼴이 되어 있었다. 몸이 얕게 떨렸다. 열쇠를 꺼내 문을

열고 젖은 가방을 현관에 내려놓자마자, 다시 문이 벌컥
열렸다.

기다리랬지!

다급히 뛰어온 듯 네가 가쁜 숨을 내쉬었다. 못 본 척,
나는 젖은 체육복을 벗었다. 네가 한숨을 뱉더니 익숙한
품으로 욕실에 들어가 수건을 잔뜩 꺼내 왔다.

기다리라니까 고집만 세 가지고.

오라고 한 적 없어, 목구멍까지 치솟았던 말은 입안만
맴돌다 사라져 버렸다. 입술에서, 코에서, 손에서, 말 대신
빗물이 뚝뚝 떨어졌다.

야, 어딜 그냥 들어가. 닦고 가. 아, 닦으라니까.

손이 붙잡혔다. 뜨거웠다. 비에 식은 내 몸은 차가웠고,
열이 있는 네 손은 뜨거워서. 맞닿은 피부가 홧홧하게
느껴지는 건 분명 그 때문일 거라고, 덧없는 변명을
삼켜내는 동안 너는 끊임없이 불평을 늘어놓으면서도
수건으로 내 얼굴이며 머리를 닦았다.

차라리 화를 내지. 그러나 네 손길은 다정했다. 늘
그랬듯이. 커다란 손이 조심스럽게 얼굴 위를 지나갔다.
그러다 문득, 손가락이 입술을 스쳤다.

시선이 지나치게 가까웠다. 네 눈이 내 입술에, 입술을
스친 네 손가락에 고정되었다. 이마가 맞닿았다. 그대로,
입술까지 맞닿을지도 모른다고 생각했을 때.

……꼴이 이게 뭐냐.

너는 언제 그랬냐는 듯 혀를 끌끌 차며 내 머리를 수건으로 마구 헝클어뜨렸다. 온몸의 열이 얼굴로 몰렸다. 심장이 뛰었다.

쿵, 쿵. ……쿵.

둘이 현관에서 뭐하니? 안 들어가고. 어머, 희완이는 왜 이렇게 젖었어?

문이 열리고, 아줌마가 짐을 한아름 안고 들어섰다. 그 뒤로 낯익은 구둣발 소리가 저벅저벅 울렸다. 아빠였다. 아줌마가 든 봉투와 같은 마트 로고가 새겨진 봉투를 든, 나의 아빠.

별일 아니야. 준비성 부족한 정희완이 그만, 우산을 깜빡했다네.

람우 네가 좀 갖다 주지 그랬어. 희완이 감기 걸리겠다. 얼른 씻고 옷 갈아입어, 응?

우와, 김 여사 너무하시네. 정작 감기 걸린 아들은 뒷전이고. 딸만 중요하지? 딸만 중요해? 와, 아들 서러워서 살겠냐.

넌 튼튼하잖니.

두 모자의 소란스러운 대화 뒤로 아빠와 시선이 스쳤다. 당신의 눈에도, 그 눈 안에 비친 나의 눈에도 금방이라도 넘쳐 새어 나올 듯 당혹이 넘실거렸다.

우리는 거의 동시에 서로를 외면했다. 알고 싶지 않았던 것이다. 서로의 당혹이 무엇을 향한 것인지.

15.

막상 나오긴 했지만 갈 곳이 없었다. 너는 하릴없이
동네를 빙빙 돌았다. 네 주장은 이러했다. 일단 사람을
만나야 한다. 그러나 평일 오후라서일까. 동네엔 놀랄 만큼
사람이 없었다. 이따금씩 길고양이들만 주위를 스쳐 지나갈
뿐.

"사람을 만나면, 그다음엔?"

"음……. 인사부터 할까? 웃으면서."

그러며 너는 입을 활짝 벌렸다. 멍청해 보이는 웃음이었다.

"해 봐."

"……."

"'안녕하세요?'"

여전히 멍청해 보인다. 나는 눈을 돌렸다. 능력
밖일뿐더러, 그다지 효율적으로 보이는 방법도 아니다. 내게
그런 걸 평가할 자격이 있는지는 잘 모르겠지만.

"야, 그렇게 대놓고 한심하다는 표정 짓지 마. 나도 이건
아니라고 생각하던 참이었어."

아주 오래전부터 네 주위엔 항상 사람이 많았다. 새삼
그 많은 사람들과 친밀한 사이가 된 비결을 말하라고 한들
무슨 답을 할 수 있을까. 너 자신도 모를 텐데.

"근데 진짜 개미 하나 안 보이네."

마침 또 길고양이가 한 마리 지나갔다. 노란 줄무늬의 고양이가 너를 흘긋 보더니 냐옹 울음소리를 냈다. 내가 있지 않냐는 듯이.

"재로 연습해 볼래?"

"……싫어."

이대로는 점점 더 한심한 소리만 나올 것 같아, 조금은 단호하게 발걸음을 돌렸다. 휘적휘적 길고양이에게 다가가던 네가 눈치 채고는 어딘지 아쉬워 보이는 모양새로 나를 따라왔다. 아무래도 진짜 할 생각이었던가 보다.

"어……, 저기, 요……?"

돌연 들려온 낯선 목소리에 절로 발이 멈췄다. 드디어 사람이 나타났다. 네가 그렇게 찾아 헤매던 사람. 어딘지 낯익은 생김새의 여자가 혼란스러운 얼굴로 나와 너를 번갈아 보았다. 큰 키에 짧은 머리, 뿔테 안경이 낯설지 않다. 여자가 내 이름을 불렀다.

"정희완……? 그, 시각 디자인과 정희완……, 맞지?"

"……맞긴 한데."

어디서 본 것 같긴 했다. 그러나 기억은 나지 않았다. 누구인지, 이름이 뭔지, 뭐 하는 사람인지 등 아는 사람이라고 규정할 만한 요소가.

누구냐고 물어봐야 할까, 고민하는데 네가 불쑥 끼어들었다. 예의 그 멍청한 웃음을 달고서.

"오, 얘 알아요? 친구?"

"동기긴 한데요. 친구……, 는 아니고."

"그럼 친구 후보 하면 되겠네. 아, 전 희완이 오빱니다."

"아, 네. 안녕하세요. 고영현이라고 합니다. 정희완……, 동기구요."

네가 등을 쿡쿡 찌르며 눈치를 줬다. 귓가에 속삭이는 목소리가 닿았다.

"아까 연습한 거, 그대로 해. 빨리."

연습 같은 거 안 했는데.

나는 그 애를 보았다. 시선이 한참 위다. 목을 힘껏 꺾고 나서야 겨우 눈을 마주칠 수 있었다. 나를 내려다보는 눈빛이 이루 말할 수 없이 서먹하다. 나는 알 수 없는 그 애만의 갈등이 그 안에서 치열하게 진행 중인 것 같았다. 마침내 결심한 듯, 그 애가 손을 내밀었다.

"친구, 지금부터 하지 뭐. 잘 지내보자."

등을 찌르는 손길이 강해졌다. 머리 위로 쏟아져 내리는 눈빛이 따갑다. 무언의 재촉이었다. 별수 없이 그 손을 잡았다. 뭔가 이상했다. 아주, 많이.

"……안녕."

시키는 대로 했는데 머리 위에서 한숨이 터졌다. 왜? 올려다보자, 네가 네 입술을 가리키며 눈으로 말했다.

'웃어.'

입가 근육을 움직여 보려 애썼지만 잘되지 않았다. 그 애의 표정만 봐도 알 수 있었다. 실패했다는 걸. 역시 능력 밖의 일이다. 손을 놓자, 어색한 정적이 감돌았다.

　머리 위에서 동시에 한숨이 터졌다.

　"저기, 사진……, 찍을래?"

　문득 그 애가 침묵을 깨며 머뭇머뭇 제안해 왔다.

　새삼스레 살펴보니 그 애 손엔 커다란 카메라가 들려 있었다. 벚꽃 사진이라도 찍던 중이었을까.

　"아, 좋죠. 감사합니다. 어디 설까요? 여기?"

　네가 호들갑스럽게 답하며 나를 끌어당겼다. 너와 다시 만난 그 벚나무 앞이었다. 동네 어귀, 길게 가지를 드리운 벚나무에서 꽃잎이 비처럼 떨어져 내리고 나는 너와 나란히 섰다. 카메라가 한 번 깜빡였다.

　"나중에 인화하면 보여 줄게. 저기, 그럼……, 다음에 봐."

　"조심해서 가요."

　한없이 어색하게 시작되어 어색하게 끝난 만남이었다. 무슨 충동이었을까, 불현듯 뻗어 나간 발이 멀찍이 가는 그 애의 뒤를 쫓아 달렸다.

　"저기! 잠시만, 하나만, 하나만 물어볼게."

　붙잡아 세우자 그 애는 잔뜩 당황한 기색으로 돌아보았다. 그 얼굴에 대고 나는 누가 들어도 미친 사람 취급할 질문을 했다.

"저 사람, 보여?"

"뭐?"

"저 사람. 눈에 보이냐고."

뜻밖에 그 애는 비웃거나 무시하는 대신 진지한 답을 돌려주었다.

"보여."

"……고마워."

적절한 질문은 아니었다. 이 애는 물론이고 마트 직원도 너를 보고 너와 대화했다. 그럼에도 나는. 도저히 이게 꿈이 아니라는 확신을 가질 수가 없어서. 한순간 기묘한 시선이 내게로 와 닿았다. 그러다 손을 한 번 꼭 쥐고서.

"힘내."

그 애가 말했다. 의문이 고개를 들었다. 미쳤다고 생각해서 하는 소리일까? 표정을 확인하기도 전에 그 애는 등을 돌렸다. 그러곤 금세 멀어져 갔기에, 나는 내 의문에 대한 답을 찾아내지 못했다.

"생겼네, 친구."

등 뒤로 다가온 네가 실없이 웃었다. 햇빛이, 그리고 네가 꼭 그만큼 눈이 부셔서, 나는 말없이 너를 따라 걸었다.

16.

열일곱. 많은 것을 알게 되는 나이. 그리고 여전히 많은 것을 모르고 있는 나이.

어느 밤, 아빠가 내게 중요하게 할 이야기가 있다고 했다. 일요일 저녁에 넷이 함께하는 식사자리를 마련했다고. 특별한 일은 아니었다. 가끔 모두의 여가 시간이 맞아떨어지는 날, 우리는 종종 저녁을 같이하곤 했으니까.

그리고 그날 아침, 네가 나를 데리러 왔다.

놀러 갈래?

……뜬금없이 무슨 소리야.

그날은 유난히 기분이 좋았다. 알람이 울리지 않는 휴일인데도 이른 아침부터 저절로 눈이 떠졌고, 온몸엔 기운이 넘쳤다. 상쾌했다. 이상한 일이었다. 나는 저혈압이었고, 매일 아침 시끄럽게 울리는 알람에 겨우겨우 눈을 뜬 뒤에도 한참을 침대 위에 누워서 시간을 허비하곤 했으니까.

그냥 놀러 가자고.

너는 별일 아니라는 듯이 말했지만 사실 별일이었을 것이다. 네가 하필 그날 나와 놀러 갈 결심을 하게 된 건.

또, 또 안 돌아가는 머리 굴리는 중이지?

간지럽고 몽글몽글한 것이 심장에서부터 흘러나왔다.

그게 뭔지, 그때는 몰랐지만 지금은 안다.

기대, 설렘. 어쩌면, 어쩌면 오늘.

그런 것들.

그 버릇 고치랬지. 쓸데없이 복잡하게 머리 굴려서 뭐하냐. 그냥 있는 그대로 받아들여.

내 표정이 자못 심각해 보였던지, 너는 내 이마를 문지르며 그런 말을 했다. 나는 뭐라고 답했더라. 기억나지 않는다. 그날의 기억엔 오로지 너만 있다. 나는 없다. 너만 꾹꾹 눌러 담느라 바빠서, 내 존재는 어딘가로 새어 나가 버렸다.

날도 좋겠다, 집에 틀어박혀 있기 심심하니까 나가서 놀자는 거잖아.

하지만 저녁에 약속이 있었다. 아빠가 정한 중요한 약속이. 너는 대수롭지 않게 말했다.

시간 맞춰서 아저씨가 예약하신 데로 바로 가면 되지, 뭐.

그래서 희망을 가졌다. 아빠가 말하는 중요한 일이란, 그저 다음 달 식비를 서로 얼마나 부담할 것이냐 정도겠지. 언제나처럼 아빠는 신세 지는 게 많으니 자기가 더 부담하겠다고 할 테고, 아줌마는 정확히 반반 나누는 게 옳다고 주장하겠지. 너는 두 사람을 중재하느라 바쁠 테고, 나는 조용히 고기나 깨작거리고 있을 것이다.

가자. 사람 밀리기 전에.

네가 내민 손을 잡고, 나는 너를 따라 놀이공원으로 향했다. 완벽한 하루였다. 동물원을 돌고, 놀이기구를 타고, 비싸지만 맛없는 밥을 먹고, 기념사진을 찍고, 퍼레이드를 구경하고, 마지막으로 대관람차를 타는.

대관람차 안에 발을 디디고 서서히 땅이 멀어지던 그 순간, 하늘 높이 올라섰던 그 찰나에 내 기대감은 끝도 없이 부풀었다. 네가 나를 보고 입을 열기 전까지 내 심장은 혼자 하늘을 날았다.

할 말 있어.

가장 높은 곳까지 올라간 대관람차가 덜컹, 짧게 흔들렸다.

두 분, 결혼하기로 하셨다.

아직 무더위가 찾아오기 전, 초여름 밤의 일이었다. 나는 그날 너를 잃었다.

17.

잠에서 깨어나고 눈을 뜨면 옆에 네가 있다. 한땐 당연했던 것들이 지금은 좀처럼 익숙해지질 않는다.

너는 엊그제 사 온 커피믹스를 마시며 예의 그, 버킷리스트를 보고 있었다.

"오늘은 이걸로 하자."

네 손이 툭툭 종이를 쳤다.

"영화 보기랑 근사한 데서 밥 먹기."

그러더니 진지하게 묻는다.

"요샌 어떤 영화가 재밌냐?"

어쩐지 오랫동안 무인도에서 표류하던 사람이 간신히 문명 세계로 돌아와 던지는 질문 같다는 느낌이 들었다. 고개를 저었다. 모른다는 의미였다. 본 적 없으니까. 네가 짧게 혀를 찼다.

"원시인이야?"

18.

영화를 보러 간 건 딱 한 번이었다. 네가 죽고 난 뒤, 어느 날. 충동적으로 학교를 빠져나와 영화관으로 향했다. 이끌리듯 선택한 것은 사랑과 기억에 관한 영화였다. 끝을 맞이한 두 연인이 서로의 기억을 지운다. 그대로 재회하지 않았다면 좋았을지도 모르겠다. 그러나 우연인 듯 운명인 듯 두 사람은 다시 만나고.

기억이 없어도 사랑은 다시 시작된다.

마음이 한없이 가라앉았다가 솟아오르기를 반복했다. 소리를 지르고 싶었다. 그러나 숨이 막혔다. 차라리 기절할 수 있다면 좋을 텐데. 그러나 의식이 너무나 선명했다. 먹은 것도 없는데 속이 울렁거렸다. 도중에 자리를 박차고 뛰쳐나와 영화관 화장실에서 신물을 게워냈다. 눈물이 침에 엉켜 하얀 변기 위로 떨어져 내렸다.

기억을 지울 수 있다면 좋을 텐데. 도망칠 수 있다면 좋을 텐데. 기억 속에 여전히 네가 있다.

모두 지워 버리면, 거기에 더 이상 '나'는 남지 않을 터였다. 그래서 나는 그저 소리 죽여 우는 것 말고는 할 수 있는 일이 없었다.

19.

멜로, 드라마, 개그, 액션, 상영 중인 영화의 장르는
다양했다. 다행스럽게도. 너는 음료 캔을 고르던 때처럼
신중하게 하나하나 포스터를 살폈다. 결국 네가 선택한
것은 히어로 물이었다.

다양한 코스튬을 갖춘 영웅들이 포스터 속에서 저마다
심각한 표정으로 앞을 응시하고 있다. 물끄러미 보고
있노라니 네가 어쩐지 싱글벙글한 얼굴로 팝콘과 콜라를
사 왔다. 해 보고 싶었다고 했다. 처음 온 것도 아니면서. 내
말에 너는 정색하며 답했다.

"언제나 처음인 것처럼 여겨야 뭐든 재밌는 거야!"

전혀 공감되지 않는 논리다.

너는 금세 영화에 집중했다. 손에 들린 팝콘의 존재도
잊을 만큼. 시끄럽게 왱왱대는 음악이, 부서지고 무너지는
소리가 귓가를 점령했다. 각양각색의 히어로들이 정해진
대사를 읊는다. 때로는 진지하게, 때로는 유머러스하게.
너는 심각했다가, 웃었다가, 또 심각해졌다.

"아, 재밌었다."

영화관을 나서면서, 너는 굳이 포스터를 한 장 챙겼다. 퍽
마음에 든 눈치였다.

문득, 네가 말했다.

"이거 시리즈지? 다음 편은 못 보겠네."

심장이 아프다.

"넌 꼭 봐라."

네가 장난스럽게 웃으면서 내 품에 포스터를 안겨 주었다. 얇은 포스터 종이가 심장을 꾹 찔렀다.

영화의……, 다음 편이 나오지 않았으면 좋겠다.

부질없는 바람이라는 걸 알면서도 기원하고 만다. 네가 볼 수 없는 다음 편 같은 건, 차라리 이 세상에 존재하지 않기를.

20.

무사히 3번까지 수행하고 나자 어느새 밤이었다. 뺨에
닿는 공기가 뜨겁고 달콤하다. 너는 긴 다리로 휘적휘적
걷다가, 이제는 보기 힘들어진 공중전화 박스가 눈에 띄자
우뚝 멈추어 섰다.

"야. 내친김에 4번까지 콜?"

4번이 뭐였더라. 내 동의가 떨어지기도 전에 너는
주머니를 뒤져 나온 동전을 투입구에 집어넣었다. 익숙한
품새로 번호를 누른다. 어른들은 번호를 잘 바꾸지 않는다.
아빠도 마찬가지였다. 네가 수화기를 내밀었다. 받지 않자,
귓가에 대어 준다.

신호음이 울렸다. 호흡이 조금 빨라진다.

고객님이 전화를 받을 수 없어......

네 손에서 수화기를 빼앗아 본래 자리에 걸었다. 요란한
소리와 함께 전화기가 동전을 토해 냈다.

"안 받으셔."

"에이. 섭섭하게 벌써 포기하냐? 한 번만 더 해 보자."

"모르는 번호로 걸려오는 전화 받는 사람 잘 없어."

네가 어깨를 으쓱이더니 동전을 챙겼다.

"집에 가서 다시 해 보지 뭐."

그러나 몇 번이고 전화를 걸어도 수화기 너머에선 담담한

안내 멘트만이 흘러나올 뿐.

아빠는 끝까지 전화를 받지 않았다.

21.

"여행 갈래?"

눈을 뜨면 적당히 아침을 먹으며 버킷리스트를 확인한다. 그것이, 어느새 당연한 듯 익숙해져 버린 하루의 시작점이었다.

네 손가락이 리스트의 다섯 번째 줄을 가리켰다. 여행 가기. 어디로, 어떻게, 언제. 이어지는 내 질문에 너는 술술 답했다. 바다로, 기차 타고, 지금.

"콜?"

여행을 가 본 적은 없지만 그게 여러 가지로 사전 준비가 많이 필요한 일이라는 사실은 안다. 이렇게 충동적으로 결정해도 되는 걸까. 너는 제멋대로 내 손을 잡고 붕붕 흔들었다.

"콜인 걸로."

역시 저건 내가 아니라 네 버킷리스트인 게 아닐까. 하나 마나 한 의심을 품고 아무 준비 없이 집을 나섰다. 그나마 다행인 건 아직 계절이 여름은 아니라는 거였다.

그럼에도 한참을 걸려 도착한 낯선 역 안은 사람으로 가득했다.

22.

헤매거나, 엉뚱한 곳으로 새거나, 또 헤매거나. 너와
나의 첫 여행을 요약하라면 그렇게 말할 수 있을 것이다.
처음부터 계획 없이 무작정 출발한 여행길이었다. 너는
곧잘 헤맸고, 수습하려 나선 나는 별 도움이 되지 않았다.
겨우 숙소를 잡고 나니 이미 한밤중이었다.

"그래도 바다는 근사하지 않냐?"

너는 뭐가 그렇게 우스운지 연신 킬킬거렸다. 사람으로
혼잡하던 역도, 별다르지 않은 거리의 풍경도, 같은 곳을
뱅뱅 돌며 헤매던 일도, 낡았지만 비싼 숙소도, 어둠이
내려앉은 바다도, 짜고 비린 바다 냄새도, 철썩대는 파도
소리도 마냥 웃기고 재밌는 모양이었다.

딱히 틀린 말은 아니었다. 근사하긴 했다. 탁 트인 풍경도,
바다의 색도, 그리고 누군가 연주하는 음색도.

누군가 기타를 치며 오래된 사랑 노래를 부른다. 몇몇이
그 앞에 모여 손뼉을 치며 열렬히 호응하거나 조용히
서로에게 기대었다.

"가 볼래?"

네가 손을 내밀었다. 망설이다 마주 잡자 그 앞으로
이끈다. 누군가 자리를 떠도, 또 새로운 누군가 그 자리를
메워도 음악은 아랑곳없이 계속되었다.

"운치 있고 음악 있고 분위기 좋고 날씨 좋고. 다
완벽한데 딱 하나, 이 자리에 빠진 게 있어. 그게 뭐게."

"……술."

네가 정답이라는 듯 씩 웃으며 손가락을 튕겼다.

"빙고. 이런 자리에 술이 없는 건 말이 안 되지. 출동!
목표는 편의점이다."

어차피 안 마실 거면서. 너는 이번에도 탄산음료만
종류별로 잔뜩 사다 예의 길거리 가수 앞에 자리 잡고
앉았다. 맥주 캔을 따다 내게 건네는 배려도 잊지 않았다.

어둠 위로 노래가 녹아든다. 한껏 고개를 흔들며 박자를
맞추다가도, 너는 또 고민에 잠긴 얼굴이었다.

"새해는 아니긴 한데. 이대로 6번까지 클리어해 버릴까?"

"……일출?"

"날도 좋고. 따뜻하고. 이대로 여기서 밤새도 괜찮을 것
같지 않냐?"

숙소, 비쌌는데.

네가 어깨를 으쓱였다.

"해 뜨는 것만 보고 들어가서 잠깐 눈 좀 붙이지 뭐."

"맘대로 해."

그러고 나면 다음 항목은 연애하기였다. 그건 어떻게 할
건데? 의문이 머릿속을 빙빙 맴돌았다. 여기서 멈추는 걸까,
아니면 전진하는 걸까. 그러면 우리는 어떻게 되는 걸까.

그러나 주어진 날이 너무 적다. 남은 시간이 초라한 모양새로 우리를 기다리고 있었다.

23.

해는 뜨지 않았다. 네 기대가 무색하게도, 구름이 좀 많지 않은가 생각이 드는 순간 이미 사위가 밝아져 오고 있었다. 너는 조금 실망한 것 같았지만 이내 웃었다.

"정말 걸작이지 않냐. 기껏 이 멀리까지 왔는데 유명한 관광지는 한 군데도 못 가 보고 제대로 된 맛집 하나 못 찾고 심지어 해도 안 떴어. 대박이다, 진짜."

이 엉망진창인 여행의 무엇이 너를 이다지도 유쾌하게 만드는 걸까. 잠시 너를 보다 일어섰다. 숙소로 돌아가서, 잠깐이라도 눈을 붙여야 했다.

"이건 역시 그런 뜻 아니겠어? 그냥 뜨는 해 말고 첫해를 보라 이거지. 너, 내년 1월 1일에 딴짓하지 말고 여기 와서 꼭 봐라, 일출."

새해가 오긴 해? 네가 아무렇지 않게 던지는 미래의 일들이 자꾸만 내 심장을 아프게 한다.

너는 숙소에 들어서자마자 깊은 잠에 빠져들었지만 나는 좀처럼 잠들지 못했다. 끝이 다가오고 있었다. 돌아오는 기차에서 겨우 선잠이 들었을 땐 악몽을 꾸었다. 차고, 깊고, 시커먼.

24.

네가 차에 치였다.

나를 구하려다.

흡사 귀신같은 형상으로 병원에 들이닥친 아줌마는 내 얼굴을 보려 하지 않았다. 나는 너를 볼 수 없었다.

집으로 돌아왔다. 더 이상 네가 없는.

깊은 밤이었다. 거실에서 누군가 흐느끼는 소리가 들렸다. 숨을 죽인 채, 나는 문에 기대 귀를 기울였다.

이제 더는…… 못해요. 내가 너무 끔찍해서, 그래서 견딜 수가 없어. 그날 그 애를 보면서…… 나도 모르게 생각했어.

……인주 씨.

다, 다 저 애 때문이야. 저 애만 아니었으면……. 세상에, 그때 내가 얼마나 끔찍했는지 알아요? 난, 자신 있었어. 내가 희완일, 내 친딸처럼 아끼고 사랑한다고 자신하고 있었다고. 근데 나도 모르게 그런 생각을 한 거야……. 아니었던 거예요. 내 오만이었던 거야. 전부……, 다.

…….

이런 내가 어떻게 이대로 저 아이 엄마가 될 수 있겠어요? 내가 어떻게……, 내가 어떻게 이래. 어떻게 그 애를 보고, 그 예쁜 애를 보고, 그런 끔찍한 생각을 해. 내가, 내가……, 얼마나…….

끝없이 이어질 것만 같던 말은 한순간 거세어진 울음에

묻혀 더는 들리지 않게 되었다. 나는 알았다.

내가 망쳤다. 다 나 때문이다. 내가 욕심냈기 때문에, 내가 멍청했기 때문에, 내가 이기적이었기 때문에.

아줌마가 우리를 떠났다. 짧지 않은 시간, 아줌마는 네 엄마였지만 동시에 내 엄마였다. 그걸 너무 늦게 알았다. 이미 모든 것이 닿지 않는 곳으로 떠나 버린 뒤에야.

며칠 후, 검은 옷을 입은 아빠가 집을 나섰다.

……다녀오마.

누구의 장례식일까. 당신은 같이 가겠냐고 묻지 않았다. 그래서 알았다. 내가 갈 수 없는 너의 장례식.

네가 죽었다.

25.

"울지 마."

따뜻한 손이 눈을 덮는다. 단단한 팔이 나를 끌어당겨 자신의 품 속에 가뒀다.

"다 꿈이야."

거짓말, 그렇지만.

좀 더 그럴듯한 거짓말을 해 줘. 이 현실이 깨어지지 않게. 내가 지금을 믿을 수 있게.

"놀이공원 갈래?"

그러나 어쩌면 지금 여기야말로 악몽의 한가운데일지도 모른다. 나는 천천히 고개를 끄덕였다. 기차가 멈췄다. 어느새 아침이었다.

6년 전과 같은, 일요일 아침.

26.

놀이공원의 묘미는 역시 이거지.

바랜 기억 속, 한 귀퉁이에서 흘러나오던 것과 같은 목소리가 다시 한 번 말했다.

"놀이공원의 묘미는 역시 이거지."

표를 끊고 입장하자마자 너는 내 손을 이끌고 기념품 샵으로 향했다. 언젠가 그랬던 것처럼, 지금 또.

내 머리 위에 제멋대로 커다란 토끼 귀를 씌우곤 웃음을 터트렸다. 그러는 네 머리엔 호랑이 귀가 앙증맞게 달려 있었다.

"아, 근데. 넌 역시 이거 안 어울린다. 토끼는 무슨."

그땐 어울린다고 했으면서.

"맹수 하자."

그러며 토끼 귀 대신 고양이 귀를 씌워 놓았다. 고양이가 왜 맹수야?

내 물음에, 네가 웃었다.

"시시때때로 사람 심장을 위협하잖아. 그러니까 맹수지."

심장이 날듯이 뛰었다.

"가자."

너는 대수롭지 않다는 듯, 지극히 태평한 얼굴로 다시 내 손을 잡았다. 당연하다는 듯 자연스럽게 얽혀 있는 두 손을 본다. 같은 장소에서, 같은 사람과, 같은 상황 속에 있는데 뭔가 이상하다. 네가 다르다.

피치 못할 때만 제외하고, 너는 내내 내 손을 꼭 붙든 채로 걸었다. 우리 속 동물들에게 먹이 주는 체험을 할 때도, 놀이기구를 탈 때도, 구슬 모양 아이스크림을 사 내게 넘겨줄 때도.

"예쁜 사랑 하세요!"

곰살궂은 직원이 장난스럽게 웃으며 인사를 건넬 때도. 너는 반박하지 않았다. 마주 웃으며 고개를 꾸벅 숙였을 뿐.

"……무슨 생각이야?"

"뭐가?"

"이건, 꼭……."

데이트 같잖아. 이어졌어야 할 말을, 나는 차마 뱉어내지 못하고 되삼켜 버렸다. 네가 빈손을 내밀어 내 머리를 쓱쓱 쓰다듬었다.

"너무 고민하지 마. 머리만 아파."

"……."

"퍼레이드 시작할 때까지 조금만 쉬었다 갈까."

네가 근방에 놓인 벤치를 가리켰다. 망설이다, 별수 없이 고개를 끄덕이고 만다.

너는 잠시 내 손을 놓아 준 채로 벤치에 등을 기댔다. 손에 쥔 컵은 분명 찬데 이상하게 손이 뜨겁다. 한 숟가락

떠 넣자, 아이스크림이 달콤하게 입안으로 녹아들었다.

"맛있냐?"

"응."

"치사하게 혼자만 먹고."

"……두 개 사지 그랬어?"

"그럴 필요가 뭐 있어. 이런 건."

아이스크림을 뜨던 손이 붙들렸다. 그대로 부드럽게
끌려간다.

"이렇게 하면 되는데."

네가 스푼을 물었다. 나는 견디지 못하고 고개를
떨어트렸다. 나를 보는 시선이 네 입안으로 녹아 사라진
아이스크림보다 더 달콤한 빛을 띠어서. 차마 똑바로 마주
볼 수가 없었다. 울컥, 화가 치솟았다.

"아까부터 뭐하자는 거야?"

"글쎄. 데이트?"

"……."

"아니야, 이거?"

왜. 왜 이제 와서 그런 이상한 소리를 하는 거야. 혼란이
일었다. 생각이, 기억이, 파도가 되어 머리를 철썩 때렸다.

"……남매라며."

"서류상 가족 관계는 살아 있을 때나 통하는 거야. 나는
죽었고, 너는 죽을 예정이고."

그러니까, 하고 너는 의뭉스레 말했다.

"아니야."

네가 죽고 얼마 지나지 않아 아줌마는 우리를 떠났다.
그러니까.

"서류상으로도, 아니야."

한때는 가족이었고, 또 가족이 됐을 수도 있었지만
어쨌든 지금은 아니다. 너는 잠시 나를 내려다보다, 어쩌면
6년 전의 내가 간절히 기다리고 있었을지도 모를 말을
했다.

"그럼, 내가 널 좋아해도 상관없겠네."

멀리, 퍼레이드의 시작을 알리는 음악 소리가 요란하게
들려온다. 너는 손을 내밀어 내 뺨을 감쌌다. 달콤한 숨결이
금방이라도 닿을 듯이 다가왔다. 호흡이 뒤섞인다. 닿으려는
찰나, 망설이듯이 네가 멈췄다. 괜찮아? 묻는 것처럼. 나는
눈을 깜빡였다. 괜찮아.

입술이, 맞닿았다.

세상의 모든 소란이 아득히 빨려 들어간다.

이대로 지구가 멸망한다면 좋을 텐데.

27.

굳이 대관람차를 탄 건 놀이공원의 마무리는 그래야
한다며, 네가 한사코 우겼기 때문이었다. 기념품 샵, 동물원,
놀이기구, 퍼레이드, 대관람차. 과거와 모든 것이 똑같지만
동시에 완전히 다르다.

너는 마주 앉아서도 내 손을 놓지 않았다.

내일이면 끝날 한시적인 어떤 것. 이런 걸 연애라고
불러도 되는 걸까. 그렇게 치면 그럭저럭 7번까진 끝낸 셈이
되는 걸까. 일출은 보지 못했지만 어쨌든 밤은 샜으니까.

"아. 살아 있었으면 이런 일 저런 일 해 보고 싶은 게 정말
많았는데."

그 말과 함께, 처음부터 하나였던 것처럼 얽혀 있던 손이
툭, 떨어졌다. 네가 손을 놓았다.

"정희완."

"……왜."

대관람차에 들어서던 순간부터 줄곧 등줄기를 찌르던
불길한 예감이 서서히 현실이 되어 간다. 고개를 돌려, 나는
창밖을 바라보았다. 짙은 색의 밤 위로 색색의 불빛들이
유영했다. 꿈이나 다름없는 풍경이었다. 아무리 뻗어도
잡히지 않을 거니까.

"이런 건, 그냥 사춘기 감성일 뿐이야. 거기서 시간이

조금만 지났어도 아마 새까맣게 잊어버렸을걸."

이곳은 내겐 항상 나쁜 장소다.

"우리 시간이 그때 멈춰 버렸기 때문에 아직도 이어지고 있는 거지. 고작, 그런 거야."

언제나 나쁜 기억만을 안겨 주니까.

두 분, 결혼하기로 하셨다.

……그런 말, 난 들은 적 없어.

알아. 그래서 지금 미리 하는 거야. 이따 얘기 나오면 모른 척 축하해 드려.

"그러니까 이제 그만 잊어버려."

네가, 내게 하루만 더 유예를 줬다면 좋았을 텐데. 어차피 내일이면 끝나는 거라면, 딱 하루만 더. 그러나 이미 선고는 떨어져 버렸고 나는 더 이상 과거처럼 이기적으로 굴 수 없었다.

"가자. 이제 끝낼 시간이야."

대관람차가 잠시 덜컹거리다 멈춰 섰다. 너는 먼저 일어서 내렸다. 그리고 놀이공원 밖으로 향하는 내내, 너는 조용히 앞서 걸었다. 더는 내게 손 내미는 일 없이.

꽃잎이 네가 걷는 길을 따라 드문드문 흩날렸다. 벚꽃의 계절이 끝나간다. 추위를 느낄 리 없는 계절인데도 문득, 오한이 일었다.

"여기가 좋겠네."

네가 멈춰 선 자리를 물끄러미 바라본다. 이곳이 어디인지 알고 있다. 모를 리가 없다. 6년 전, 네가 이곳에서 사고를 당했다. 나를 구하려다가.

"오늘 자정이 지나기 전에 끝내야 해. 안 그럼 운명을 바꿀 수 없거든."

네 입에서 무슨 말이 나올지, 듣지 않아도 나는 이미 알고 있었다. 네 이름을 부르라는 거겠지. 편히 죽으라고. 하지만 왜 그래야 해? 몸이 조각조각 나 버려도 상관없는데. 어떤 고통이 기다리고 있어도 괜찮은데.

"불러, 내 이름."

"싫어."

너를 죽게 한 내가 편안하게 죽어도 될 리가 없다. 그렇게 쉽게, 죽어 없어져도 될 리가 없다.

"그래?"

네가 웃었다. 전에 없이 싸늘한 웃음이었다. 이윽고 마지막 선고가 내 마음을 쪼개놓았다.

"그래도 해. 네가 안 하면 내가 죽어."

"……거짓말."

"왜 거짓말이라고 생각해? 그런 게 아니면, 내가 너한테 이렇게까지 할 이유가 없잖아."

"거짓말. 네가 하는 말은 전부 거짓말이야."

"날 두 번 죽일 셈이야?"

누군가 심장을 통째로 짓이기는 것만 같다.

"……그것도, 거짓말."

"그래."

"……거짓말쟁이. 사기꾼."

"그래."

"……김나무."

"진작 이럴걸 그랬네. 한 번 남았어."

"……."

"자, 얼른."

"……김나무."

그 찰나, 네가, 다시 웃었다. 손을 잡고 걷는 동안 줄곧 내게 향했던 그 다정하고도 달콤한 웃음이. 네 눈가에, 네 입가에 머물러 있었다.

"드디어 계약 성립이네."

"무슨…… 소리야?"

가슴 어딘가가 덜컥 내려앉았다. 뭔가, 이상하다. 이게 아닌데. 네 이름을 세 번 부르면 내 영혼이 네게 인계된다고 했는데. 그 순간 나는 죽는 거라고, 그렇게 말했잖아.

그러나 아무 변화도 일어나지 않았다.

"나…… 죽는 거 아니었어?"

"내가 너를 죽게 놔둘 리가 없잖아."

심장이 무겁게 떨어져 내렸다. 한순간 호흡마저 막혔다.

무슨 소리야, 되묻기도 전에 네가, 네 손이 내 눈가를 덮었다.

"정희완, 이제 그만 잠에서 깨어날 시간이야."

시계가 하얗게 뒤집힌다. 혼란 속에 세상이 닫혔다. 의식이 빙글 돌았다.

다음 순간, 나는 낯선 병실에 서 있었다.

멀쩡히 살아, 누워 있는 나를 내려다보며.

28.

"어떻게 된 건지 이제 알겠어?"

"……나, 왜 살아 있는 거야?"

"안 죽었고, 이제 안 죽을 거니까."

"아."

조각조각 흩어졌던 기억들이 하나둘씩 돌아오기 시작했다. 나는 그날, 아침 일찍 일어나 전날 아빠가 가득 채워 놓고 간 냉장고를 모조리 비웠다. 반찬 통이며 그 안에 든 음식물들은 죄 내버리면서, 어째서 당신이 마지막에 떠안긴 비타민제는 그냥 내버려 뒀는지 모를 일이다. 텅 빈 냉장고를 청소했고, 쓰레기통을 깨끗이 씻었다. 공과금을 모두 정리하고 마지막 월세를 이체했다.

아르바이트하던 편의점을 찾아가 사정이 생겨 내일부터 나올 수 없게 됐다고 머리를 조아렸다. 마지막 행선지는 학교였다. 학과 사무실에 휴학계를 제출하고 나와 집으로 돌아오는 길이었다. 어느새 해가 기울고 있었다.

사실 나는, 그날 내 인생을 마무리할 예정이었다. 네가 없는 뒤로 내 삶은 마치 쓸모없는 부록 같았다. 언제든 내버릴 수 있고 또 미련도 없지만 왠지 모르게 손에 쥐고 있고 마는 그런 볼품없는 덤 같은 인생이었다. 문득 버릴 때가 됐다는 생각이 들었고 그게 그날이었다. 우습게도 스스로 죽으리라 마음먹었던 날에 나는.

교차로를 건너다 차에 치였다.

내 죽음은 유보되었다. 나는 죽진 않았지만 의식을
잃었다. 어쩌면 너와 함께했던 날들은 모두 내 꿈이었던
거겠지. 어쩌면 너마저도. 그럼에도 너는 그렇게나 선명했고,
여전히 선명하다.

내 몸은 불 꺼진 병실 안에 홀로 누워 있었다. 호흡기
안으로 생명의 흔적이 번져 간다. 나는 물끄러미 나를
보았다. 내가 여기 있는데, 나는 살아 있구나.

"이것도……, 꿈이야?"

"아니."

꿈이 아니라면 뭘까. 너의 존재와 이어진 날들과 지금을
다 뭐라고 설명할 수 있을까.

"이제 죽는 거야?"

"아니."

"왜."

"내가 너를 죽게 놔둘 리가 없잖아. 내가 너를
얼마나……."

너는 더 이상 말을 잇지 않았다. 그저 웃었다. 그 끝에
생략된 말이 무엇인지, 이제는 안다. 눈물이 흘러내렸다.
그럼 넌.

"또, 나만 두고 가는 거야?"

"기다릴게. 천천히 와."

"……왜, 대체 왜."

"오래오래 살아. 백 년 뒤에 다시 만나기로 약속했잖아."

채 막을 새도 없이 울음이 쏟아져 내렸다. 너는 기다려
주지 않았다. 짧게 내 머리를 쓰다듬고 점점 희미해져 갔다.
나는 손을 뻗었다. 네가 다시 말했다. 재밌게 살아. 기다림은
곧 설렘이라잖아. 분명히 재밌을 거야. 울지 마. 여기서
기다리고 있을 거야. 아무 데도 안 가…….

온통 젖은 눈을 한 번 깜빡이고 나니 너는 이미 없었다.
그리고 나는 마침내 눈을 떴다.

"희완아?"

아줌마가 있었다. 거짓말처럼, 내 눈앞에. 이유를 생각할
겨를도 없이 울음부터 터져 나왔다. 아줌마가 깜짝 놀라 내
손을 잡았다.

"정신이 들어? 괜찮아?"

"……아줌마……."

나는 아줌마를 붙들고, 붙들고 울음처럼 말을 토해 냈다.

"잘못했어요. 잘못했어요. 그러니까, 그러니까……, 나무
좀, 나무 좀 살려 주세요. 가지 말라고 해 주세요. 나무 좀
살려 주세요. 살려……, 살려 주세요."

"……괜찮아. 괜찮아, 희완아. 너 잘못한 거 하나도 없어.
내가 미안하지. 내가 잘못했어……."

따스한 손이 내 몸을 둘러쌌다. 서로를 부둥켜 안은 채로, 우리는 한참이나 울었다.

29.

그렇게 네가 또 한 번 나를 떠났다.

남은 이야기, 정희완.

0.

네가 떠난 지 이틀째.

아줌마는 내내 곁을 떠나지 않고 나를 간호했다. 두어
군데쯤 금이 갔다고는 해도 그렇게 돌봐야 할 만큼 심각한
부상도 아닌데, 괜찮다고 아무리 말해도 소용없었다. 나는
꼼짝없이 침대에 갇히고 말았다.

우연이었을까, 혹은 운명이었을까. 당신은 하필 그날 나를
만나러 오는 중이었다고 했다. 그러다 사고 소식을 듣게
되었다고.

밀린 이야기가 너무나 많았지만 역시 밀린 사과를 하느라
시간을 다 보내 버렸다. 사과는 꼬리에 꼬리를 물고 끝도
없이 이어졌다. 결국 우리가 서로의 끈기에 항복했을 무렵.

아빠가 왔다.

내 앞에 무릎을 꿇고 한참이나 어깨를 들썩거렸다.
우리의 사과 대전은 끝이 났는데, 아직 한 사람이 남은
것이다.

잘못한 건 나인데. 마음이 아프다.

1.

네가 떠난 지 일주일째.

병실에 손님이 찾아왔다. 낯익은 얼굴이었다. 큰 키에 짧은 머리. 조금 날카로운 인상이지만 웃으면 서글서글해 보이는.

놀라 눈을 치켜뜨는 내게 그 애가 민망한 듯 뺨을 긁적거리며 말했다.

"나 알지?"

"고영현……? 맞아?"

그 애가 씩 웃으며 고개를 주억거렸다. 다시 혼란이 일었다. 분명 그 일주일 동안 나는, 혼수상태로 여기 중환자실에 누워 있었을 텐데.

어디서부터 꿈이고, 어디서부터 현실이었던 걸까.

그 애가 사진을 한 장 건넸다. 나는 입을 틀어막았다. 그대로 두면 비명이 튀어나올 것만 같아서.

지는 벚꽃 아래 얼굴을 찡그린 나와 환하게 웃고 있는 네가 있었다. 현실에서 다시 볼 수 있을 거라곤 생각하지 못한, 어른이 된 너의 모습이 사각 프레임 안에 담겨 있었다.

"꼭 보여 줘야 할 것 같아서."

"이게, 어떻게 된 거야……?"

"하고 싶은 얘기가 많아. 퇴원하면 학교로 와. 하나씩 얘기해 줄게. 지금 여기서 다 말하기엔 길어도 너무 기네."

그때 미처 보지 못했던 그 애의 표정이 지금 보였다.
이해와 공감. 심장이 조금, 세차게 뛰었다.

"……고마워."

"친구 하기로 했던 거, 기억하지?"

그 애가 웃으며 손을 내밀었다. 머뭇거리다 그 손을
맞잡았다. 따뜻하다. 네가 불러 준 버킷리스트의 첫 줄이
떠올랐다.

친구 만들기.

이렇게 시작하면 되는 걸까.

그 애가 떠나고, 자리를 피해 준다며 원무과에 갔던
아줌마가 돌아왔다.

"어머, 예쁜 사진이네. 아까 그 친구가 준 거야? 예쁘다,
벚꽃. 우리도 내년엔 같이 보러 갈까? 너 퇴원하고 나면,
그땐…… 희완아?"

아…….

아줌마에게 어른이 된 나무의 모습을 보여 주고
싶었는데. 어쩐지 눈물이 날 것 같았다. 고개를 숙이고 눈을
가렸다. 채 숨기지 못한 눈물이 손 아래로 묻어난다. 다정한
손이 다가와 등을 쓸어 주었다. 아줌마가 말했다.

"괜찮아, 희완아. 이제 다 괜찮아……."

그러니까 맘껏 울어도 된다고, 그렇게.

2.

네가 떠난 지 35일째.

퇴원 후 자취방을 정리하고 집으로 돌아왔다.

너와 나의 흔적이 고스란히 담겨 있는 낡은 아파트로.

예전엔 이곳에서 너의 흔적을 찾아내는 게 두려워 모든 것이 끔찍했는데 지금은 그렇지 않다. 하나하나 너의 손이 닿았던 것들을 다시 찾아내는 일이 즐겁기만 했다.

아빠와 아줌마가 내일 시간을 내 주었으면 한다고 했다. 할 이야기가 있다며. 가슴이 두근거렸다. 무슨 이야기인지 알 것 같아서. 이번에는 꼭, 두 분을 축복해 드려야지.

이제는 내가 사랑하는 사람들이 행복해지기만을 바란다.

3.

네가 떠난 지 36일째.

두 분의 손에 이끌려 도착한 곳은 어디 근사한 식당 같은
데가 아니었다.

납골당이었다. 그곳에 네가 있었다. 네 이름, 네 사진,
네가 담긴 작은 단지.

아.

그러고 보니 너를 찾아올 생각을 한 번도 하지 못했다.
나를 기다리겠다고 말한 네가, 아무 데도 가지 않겠다고
말한 네가 항상 곁에 있는 것만 같아서. 그런데 네 이름
옆에 적혀 있는 사망일이 이상하다. 그건.

내가 깨어난 다음 날이었다.

당황하는 내게 아줌마가 말했다. 사실 그 시고에서 너는
죽지 않았다고 했다. 식물인간이 되어 지난 6년간 병원에서
쭉……, 살아 왔다고 했다. 내가 죄책감에 길을 잃을까 봐
차마 말할 수 없었다고. 내가 눈을 뜬 다음 날 그 숨이
멈췄다고……. 나마저 잃을까 봐 두려웠던 두 분이, 내게
알리지 않고 조용히 장례를 치렀다고 했다.

깨달음은 불현듯이 찾아왔다. 네가 말했던 계약, 그
실체를 비로소 알 것 같았다. 나는 내 모든 감정을
토하듯이 울었다.

네가 내게 삶을 주었다. 나는, 나는 네게 아무것도 해 준
게 없는데 너는 어떻게…….

아줌마가 나를 끌어안고 토닥였다. 아빠가 우리 두
사람을 끌어안았다. 우리 셋은, 한 사람을 떠나보내고 이제
세 식구가 된 세 사람은 한참을 서로 부둥켜안고 울었다.

4.

네가 떠난 지 57일째.

아빠와 아줌마가 결혼식을 올렸다. 당사자인 두 사람보다 내가 더 긴장해서는, 끝날 무렵엔 완전히 녹초가 되고 말았다. 그런 나를 영현이가 곁에 꼭 붙어서 줄곧 챙겨 주었다.

우리는 지금 차근차근 친구가 되어가는 과정을 밟는 중이다. 그런 얘기를 했더니 그 애는 내 등을 팡팡 두드리며 숨넘어가게 웃었다.

"네 기준으론 도대체 얼마나 지나야 친구라고 부를 수 있는 거야?"

몰랐는데 우리는 이미 친구였던 모양이다. 네가 불러 준 내 버킷리스트의 첫 항목에 줄을 그었다. 하나씩 하나씩 느리지만 충실히 줄이 늘어가고 있다.

5.

네가 떠난 지 254일째.

버킷리스트의 여섯 번째 줄을 지웠다. 이번엔 구름에 가리는 일 없이 크고 찬란한 태양이 바다를 온통 제 색으로 물들이며 떠올랐다. 소원을 빌었다. 내가, 그리고 네가 사랑하는 모든 사람들이 행복하기를.

6.

네가 떠난 지 358일째.

다시 벚꽃이 흩날리는 계절, 아줌마가 아이를 낳았다. 임신 기간 내내 다 늙어서 주책이라며 내 얼굴만 보면 부끄러워 어쩔 줄 몰라 했던 당신이지만, 지금.

아직 쭈글쭈글한 아이를 안은 당신의 눈가엔 깊은 감동이 고여 있었다. 더 참지 못하고, 나는 입을 열었다.

"엄마."

"······."

"축하드려요."

"······희완아······."

손을 내밀어 아줌마, 아니 엄마와 동생을 끌어안았다. 엄마는 희완아, 우리 딸, 같은 말들을 중간중간 흘려 내며 한참을 엉엉 울었다. 어린아이처럼, 비로소 속에 고여 있던 모든 눈물을 토해 내는 사람처럼 그렇게 울었다. 나는 울지 않았다. 그저 미안하고 고마워서, 그래서.

네가 내게 남겨준 모든 것들에 감사한다.

우리 엄마, 우리 동생, 우리 가족, 내 시간, 내 삶······, 그 모든 것들.

7.

네가 떠난 지 375일째.

출생신고를 했다.

아빠와 내가 서로 지은 이름을 걸고 치열한 경쟁을
벌였지만 언제나 그래왔듯이, 엄마는 내 편이었다. 정희람.
어떤 마음으로 지은 이름인지 다 안다는 듯이, 당신은 잠시
말없이 웃었다.

봐. 너와 나, 우리 동생이야.

네게 보여 주고 싶다.

너는, 너는 어떨까. 우리는 모두 괜찮다. 서로의 삶을
보듬고 아끼며 그저 살아간다. 그렇다면 너는.

너는.

지금도 여전히 나를 기다리고 있을까. 흩날리는 벚꽃
아래에서.

남은 날들이, 살아가는 시간들이 하나도 조급하지 않다.
기다림은 곧 설렘이라고 했지. 너와 재회하기를 기다리는 그
모든 시간들이, 하루하루가 매일매일 설레어서. 그렇게 너를
기다려. 너도 그럴까. 그렇게……

나를 기다리고 있을까.

남은 이야기, 김인주.

0.

두 줄.

판판한 플라스틱판 위로 붉고 선명하게 그어진 두 줄을 처음 보았을 때 제일 먼저 느낀 감정은 공포였을까 절망이었을까, 아니면 둘 다였을까.

어쨌든.

스물세 살의 김인주는 드디어 깨달았다.

평생을 저 잘난 맛에 살아온 김인주가, 사실은 그저 헛똑똑이에 불과했다는 것을.

1.

사랑을 했다. 그 점에 후회는 없다. 최소한 그렇게라도 믿고 싶었던 오후.

맞은편에 앉은 여자는 우아한 미인이었다. 곧고 바른 자세도 우아했고, 치켜 올라간 눈꼬리도, 그 끝의 눈물점도, 길게 말려 올라간 속눈썹도 우아했으며, 심지어 그 눈가에 머물러 있는 경멸마저 우아했다.

생각했다. 드라마 속 캔디 표 여주인공들이 재벌 남주인공의 재벌 약혼녀 혹은 전 여자 친구와 마주 앉아서 느끼는 게 바로 이런 심정일까. 아니, 아닐 것이다. 일단 김인주는 여주인공도 아니었고, 그녀의 상대 역시 재벌이긴 했지만 남주인공은 아니었으며, 무엇보다도 그들은 캔디와 본부장님의 신분 차 나는 안타까운 사랑을 한 것이 아니었다.

불륜이었다.

그러니 이 순간, 이 심정을 굳이 비유하자면 재판정에서 마지막 선고를 기다리는 피고인과 흡사하다고 할 수 있을 터였다. 초조하고 불안하고 조금은……, 억울한.

"긴말은 필요 없을 것 같은데."

문득, 여자가 한숨처럼 말했다.

다른 생각에 빠져 있던 인주는 움찔하며 몸을 바로

했다. 뭔가 답변을 해야 했는데, 말이 궁했다. 평생 단 한 번도 자신이 이런 상황에 처할 거라고는 생각해 보지 않은 탓이었다.

"간단하게 말할게. 회사에선 나가야 할 거고, 그 애는 지워야 할 거야."

하다못해 법정에서도 변론의 기회는 주지 않던가? 그러나 여자는 대뜸 본론이었다. 자신의 사연을 줄줄이 꺼내 늘어놓고 싶었던 것은 아니다. 단지.

"시어른들이 그렇게 하길 원하셔."

"……제 의견은요?"

말하고 싶었다. 이것은 내 인생이고, 나에게도 생각과 의사가 있고, 선택할 권리가 있노라고.

"이제 와서 당신 의견 같은 걸 들어줄 사람이 있을까. 없을 텐데."

비웃는 투는 아니었다. 여자는 표정만큼이나 말투도 무덤덤했다.

"네, 알아요. 없겠죠. 아는데요, 변명을 좀 하자면 유 과장님이 기혼이신 줄 전혀 몰랐고, 안 뒤에는 이혼 예정이라고 하셔서 믿었고, 지금 이건 어디까지나 실수고……, 저 되게 뻔뻔하네요. 죄송해요."

아아. 망했다. 이따위로 변명이나 줄줄 늘어놓으려던 건 아니었는데. 인주는 눈을 질끈 감으며 고개를 꾸벅 숙였다.

여자의 표정은 여전히 담담했다. 어디 할 테면 한번 해 보라는 듯.

뻔하다면 뻔한 이야기였다. 사회에 나온 지 얼마 안 된, 아직은 세상 경험이 별로 없어 사람도 곧잘 믿곤 하는 순진한 여직원에게 타 부서의 잘생긴 과장이 제 얼굴과 부와 특유의 다정함을 무기로 접근해 왔고, 하필 그가 제 신분을 감춘 채 일하고 있던 회사 오너의 외아들이었고, 아무도 그가 유부남인 줄 몰랐다.

정확히는, 그의 정체를 아는 사람들은 모두 까마득한 위치의 간부들이었고 그중 누구도 안내 데스크 여직원에게 관심을 두지 않았다. 바람? 뭐 어떤가. 남자가 다른 데 눈 좀 돌릴 수도 있는 거지. 적당히 데리고 놀게 놔둬.

정체를 알게 되었을 때는 이미 늦어 있었다. 눈에 뭐가 낀 것처럼 흘려 있었다. 그렇지 않고서야 나는 별거 중이고 곧 이혼할 것이며, 내가 사랑하는 건 너뿐이고 반드시 너와 결혼할 거라는 말도 안 되는 거짓말을 멍청하게 믿었을 리가 없다.

마침내 그의 다정함은 그저 우유부단함의 다른 말에 지나지 않으며, 그의 입에서 나오는 온갖 낭만적인 미래에 관한 이야기들은 그저 면피용 헛소리에 지나지 않는다는 것을 깨달았을 때는.

임신 테스트기에 두 줄이 뜬 뒤였다.

"김인주 씨."

"……예에……."

"변명, 필요 없어. 당신 머리채 잡으러 나온 거 아니니까. 이건 그냥 그 사람 아내로서 다해야 하는 의무일 뿐이야."

그러고 보니 유 과장이 그런 말을 했었지. 집안에서 억지로 밀어붙인 결혼이고, 자기 아내는 장식품 같은 존재에 불과하다고. 도통 정이 가질 않는다고. 그 입에서 나온 숱한 거짓말 중에서 적어도 그건 진실이었나 보다. 인주는 멍하니 그녀를 쳐다보았다.

그 눈에 사랑은 없었다. 경멸이 있을 뿐.

여자가 핸드백에서 두툼한 봉투를 꺼내 테이블 위에 올렸다. 자연히 시선이 그쪽에 꽂힌다. 돈 봉투다. 벼락같은 깨달음이 찾아들었다.

"수술비야. 넉넉히 넣었으니 도움이 됐으면 해."

그야 당연히 도움이 되겠지. 두께만 봐도 대충 알 수 있었다. 저 정도면 수술비를 훨씬 뛰어넘는다. 하긴, 대단한 집안이라고들 했지.

그러나 선뜻 손을 뻗지는 못했다. 어느 쪽이 쉬운 선택인지는 뻔했다. 저 돈을 받고, 수술을 하고, 잠시 쉬었다가 새로운 직장을 찾고, 새로운 사랑을 하는 것. 물론, 유부남과 미혼 위장남은 피해서.

하지만.

인주는 자신의 배에 조심스레 손을 올렸다. 겨우 4주하고도 며칠 더 지났다. 아직은 세포에 불과할 뿐인 미약한 존재라는 사실은 알고 있었다. 당황스럽고 무서울 뿐 새삼 없는 애정이 퐁퐁 솟아오르는 것도 아니었다. 그럼에도 불구하고, 조금은 슬퍼졌다.

형체조차 제대로 갖추지 못한 이 아이를 반기는 사람이 아무도 없다는 사실에. 생물학적 부친은 그 존재를 알자마자 진절머리를 내며 잠적해 버렸고, 그 집안에선 부인을 대표로 보내 지우라고 종용하는 중이며, 만약 무사히 태어난다면 아이의 이모가 될 김인주의 언니는 펄펄 날뛰었다. 네 인생에 단 하나도 득 될 것 없는 존재라고.

저 봉투를 들고 귀가하면 그나마 양심은 있는 집안이구나 하며 당장에 저를 병원으로 밀어 넣겠지. 이성으로는 그것이 옳다고 인지하고 있었다. 그런데 왜 자꾸 감상적이 되고 마는 걸까.

"그럼, 그만 일어나 봐도 될까."

"저기, 진짜 죄송한데……, 잠시만요. 이건 받을 수 없어요."

"곤란한 소리를 하네, 김인주 씨."

"제 인생이고, 제 아이잖아요. 결정할 권리는 저한테 있어야 하는 거 아닌가요? 말씀하신 대로 회사는 나갈 겁니다. 제 발로 나가지 않아도 어차피 잘릴 거라는 거,

알아요. 근데 이건 아닌 것 같아요."

"그래서? 낳겠다는 소리야?"

"아직요. 아직, 아무것도 결정 못 했어요. 고민할 시간이 필요해요. 그 후에 선택할래요. 근데 지금 심정으로는요."

덧붙인 말은 다분히 충동적인 것이었다. 여과 없이 느낀 그대로 토해 버린 말.

"낳아 주고 싶네요."

인주는 자리에서 벌떡 일어났다. 여자는 속을 짐작할 수 없는 눈으로 그녀의 뒷모습을 지켜보기만 했다. 제멋대로 꾸벅 인사까지 건네고 카페 문을 여는 동안 어떤 제지도 돌아오지 않았다. 그래 봐야 네가 무엇을 할 수 있겠냐는 듯.

그리고 카페를 벗어나 딱 두 걸음을 걸었을 때 그녀는 곧바로 후회했다.

그 봉투. 그냥 받을걸.

2.

　그날, 김인주는 천사의 꿈을 꾸었다. 볼이 오동통한
아기 천사의 손을 잡고 하늘을 나는 꿈을. 꿈은 웬 개가
나타나 월월 짖는 것으로 마무리되었다. 언니는 개꿈이라며
잊으라고 했지만 그 엉뚱한 꿈이 왠지 마음에 걸려서, 결국
인주는 병원에 가지 못했다.
　이듬해 2월, 겨울의 끝자락에 람우가 태어났다.

3.

여자와 재회한 것은 람우가 여섯 살이 되던 해의
일이었다. 세월이 모조리 비껴간 듯 여자는 여전히
우아하게 아름다웠다. 조금 그늘진 얼굴도, 눈가에 어린
경멸도, 일자로 맞물린 붉은 입술도 한결같이.

"그 애를 넘겨 줬으면 해."

대뜸 나오는 반말마저도. 그러고 보면 7년 전엔 왜 그렇게
덜덜 떨었을까. 어째서 반말이냐고 따지지도 못하고.

"예?"

인주는 경악하며 눈을 휘둥그레 떴다. 자연히 놀이방에
있는 람우에게 시선이 간다. 다시 여자를 보자, 그녀는
고개를 살짝 끄덕여 긍정을 표했다.

"어른들이 원하셔. 나, 불임이거든."

"……아니, 지우랄 때는 언제고 이제 와서 애를
내놓으라고요? 무슨……, 애가 물건이에요? 어떻게 그런
말씀을 하실 수가 있어요?"

여자는 차분히 자신의 사정을 설명했다. 아무리 노력해도
아이가 생기지 않자 그쪽 집안에서 람우를 데려오라고
했다는 거였다. 아연실색할 노릇이었다. 사람이 어쩜 이렇게
파렴치할 수 있을까. 그 요구 자체도 최악인데 말을 전달할
사람도 잘못 골랐다. 어떻게 저 사람을 보내서 그런 말을

시킬 수가 있지. 그러고도 사람인가.

"사람이 그러면 안 되지. 진짜 해도 해도 너무하시네요. 아니, 이건 사모님한테 하는 말이 아니라, 그쪽 어른들한테, 후. 아, 정말이지……."

그러나 여자는 그때 그랬던 것처럼 지금도 역시 담담했다. 너무 담담해서 오히려 더 이상하게 느껴지는 얼굴로 또다시 봉투를 꺼내 들었다. 이어질 일이야 보지 않아도 뻔했다. 이번에도 어김없이 테이블 위로 봉투가 올랐다.

어쩜 이렇게 고전적일까. 인주는 한숨을 내쉬었다.

"그동안의 양육비야."

그러더니 봉투가 하나 더 올라왔다. 둘 다 우열을 가릴 수 없을 만큼 뚱뚱했다.

"이건 수고비. 넉넉히 챙겼어."

"그러시겠죠. 돈을 주고 애를 사러 오셨으니, 많이 넣으셔야죠. 얼마나 넣어야 충분할지는 알고 계세요?"

"글쎄. 그거, 답이 있는 질문인가?"

"……."

"있다면 말해 줘. 얼마면 되는지."

여자가 지갑을 꺼냈다. 다음 순간, 테이블 위로 올라온 것은 백지수표였다.

손끝이 잘게 떨렸다. 인주는 지난날 카페 앞에 우뚝 멈춰 선 채 후회했던 기억을 떠올렸다. 그날 포기한 봉투는 시간이 지날수록 점점 더 선명하게 눈앞을 맴돌았다. 이 나라에서 미혼모로 혼자 살아간다는 것은 결코 쉬운 일이 아니었다. 자존심, 그까짓 거 내다 버리고 봉투를 받아 챙겼다면 람우에게 옷이라도 한 벌 더 사 입힐 수 있었을 것이다.

그리고 람우가 없었다면 그 돈으로 뭐든 할 수 있었겠지. 뭐든.

"얼마나 주실 수 있는데요?"

"얼마나 받고 싶은데?"

원하는 만큼 주겠다는 태도였다. 얼마를 부르든지 상관없다는 식이었다.

고민 끝에, 인주는 봉투로 손을 뻗었다.

"생각해 볼게요. 내일, 다시 연락드릴게요. 이건 선금으로 받고요. 내일……, 아이 데려가실 때 그것도 다시 주세요."

두 개의 봉투를 챙겨 람우의 손을 잡고 돌아오는 길은 한없이 발걸음이 무거웠다. 뭔가 크게 잘못한 기분이었다. 그러나 돈의 무게는 많은 것을 잊게 만드는 법이다.

그날, 김인주는 도망쳤다. 두 개의 봉투와 람우를 데리고.

그렇게 도착한 곳이 바로 그 주공 아파트였다. 멀고 먼 동네의 낡고 오래된 아파트.

두 모자는 그곳에서 작은 여자아이를 만났다.

4.

　그 애는 매일 놀이터 벤치에 인형처럼 앉아 있었다. 양손에 꼭 쥔 인형보다 그 애가 더 인형 같았다. 하얀 뺨에 까맣게 윤기 나는 머리카락, 다소곳한 자세. 그 나이 때의 아이들이란 한시도 쉬지 않고 뛰고 굴러야만 직성이 풀리는 존재인 줄 알았는데 아니었나 보다.

　아이는 자세 한 번 흐트러지는 법 없이 몇 시간이고 얌전히 앉아 시간을 보냈다. 시선만이 아주 가끔 하늘과 땅, 주위의 사물과 사람 사이를 오갈 뿐.

　솔직히 말해서, 인주는 그 아이를 보자마자 한눈에 반했다. 세상에, 어쩜 저렇게 예쁜 애가 다 있지. 주위 몇몇 어른들은 그 애가 또래답지 않게 표정이 없다며 꺼림칙하다고 기피했지만 그녀는 이해할 수 없었다. 아니, 왜? 예쁘기만 한데!

　사실 그녀는 꽤 오래전부터 예쁘고 귀여운 것만 보면 쉽사리 홀리곤 했다. 문구 앞을 지나다 귀여운 인형 따위를 발견하면 저도 모르게 지갑을 탈탈 털어 버리고 마는 부류라고 해야 할까. 그런 점은 사람을 상대로도 별반 다르지 않았다.

　유 과장만 해도 그랬다. 처연한 미인이라는 말이 딱 어울릴 것 같은 그 미려한 외모만 아니었어도 그렇게 쉽게

109

홀랑 넘어가진 않았을 것이다. 아마도.

고민이랄 것도 없었다. 인주는 한달음에 그 앞까지 다가가 아이에게 인사를 건넸다.

어머나. 네가 602호 공주님이지?

그렇게 그들의 인연이 시작되었다.

5.

사실, 요리를 잘하는 편은 아니다. 나름대로 오랜 기간 노력했지만 세상 모든 일이 다 그렇듯 아무리 노력해도 되는 일이 있고 안 되는 일이 있다. 인주에게 있어 요리는 안 되는 일이었다.

지금 만들어 내온 이 카레라이스처럼. 아이들에게 먼저 한 그릇씩 내준 뒤, 제 몫을 챙겨 한 숟가락 떠먹어 보자마자 그녀는 절망했다.

이게 대체 무슨 맛이지? 분명히 TV에선 자두를 넣으면 살짝 감칠맛이 돌면서 카레의 풍미가 더 깊어진다고 그랬는데.

'……잠깐. 자두가 아니었나?'

그녀는 물컹한 덩어리로 이루어진 카레에 잠시 시선을 주었다가, 아이들을 돌아보았다. 척 봐도 람우의 표정이 괴상했다. 거의 씹지 않고 삼키는 것 같다. 람우가 제 딴엔 속삭인답시고 곁에 앉은 희완이에게 말했다.

"야, 내가 그랬지. 울 엄마 요리 되게 못한다고."

'그런 말은 또 언제 한 거니……'

그녀는 울적하게 한숨을 내쉬었다. 그냥 하던 대로 할걸. 그래도 카레만큼은 그럭저럭 먹을 만한 맛을 냈었는데. 어쩐지 잔뜩 들떠선 욕심을 부린 게 화근이었다. 물론,

때마침 냉장고 한편을 차지하고 있었던 자두의 존재도
한몫했다.

아무래도 전부 버리고 짜장면이라도 시켜 주는 게 낫지
않을까 싶어 자리에서 일어나려던 찰나였다. 희완이가 꼭꼭
씹어 밥을 넘긴 뒤 조그맣게 말했다.

"맛있어."

그러고는 또 한 숟갈 정성스럽게 떠서 입안에 넣곤 꼭꼭
씹었다. 어떻게 봐도 맛있어서 먹는 품은 아니었다. 그러나
그날 희완이는 인주가 떠 준 밥 한 그릇을 남김없이 비웠다.
람우는 씩 웃더니 경쟁이라도 하듯 부지런히 숟가락을
놀렸다.

코끝이 찡해지고 말았다. 인주는 결심했다. 이렇게
다정한 애를 표정이 없다느니 애 같지 않아서 징그럽다느니
매도하다니. 나쁜 어른들 같으니.

잘해 줘야지. 좋은 이웃이 되어야지. 예로부터
친구 사이엔 나이가 중요하지 않다고 했다. 그렇다면,
좋은 친구가 되어야지. 얼른 친해지면 좋겠다. 마음이
따뜻해졌다. 이곳으로 도망치면서부터 줄곧 마음 한구석에
어려 있던 불안이 한순간에 씻겨 내려간다. 왠지 뭐든 잘될
것 같다는 근거 없는 희망이 생겼다.

시작부터 좋은 인연을 만났으니까, 이곳에서의 삶은
틀림없이 즐거울 것이다. 그런 생각이 들었다.

6.

반면, 정일범이라는 이름 세 글자에 대해서는 딱히
아무 생각이 없었다. 희완을 집으로 초대하기 위해 그
보호자에게 전화했을 때 들은 이름. 그게 다였다.

희완이의 아빠. 옆집에 사는 남자. 그래서 그게 뭐.

단정하고 예의 바른 사람이었지만 동시에 평범한
인상이었다. 옆집이 아니었다면, 그리고 희완이가
아니었다면 희미하게 스쳐 지나갔을, 그런 사람.

그가 이름 석 자에서 사람이 된 것은 정말로 우연한
일이었다.

7.

인주가 하는 일은 편의점 야간근무였다. 세상에 어디
쉬운 일이 있겠느냐마는 그래도 밤낮이 뒤집힌다는 것만
빼면 썩 힘들지는 않았다. 아파트 단지 인근의 편의점이라
야간 손님이 거의 없었던 덕이다. 때때로 취객이 진상을
부리긴 했지만 그 정도야 뭐. 처음엔 불쾌하고 기가
막혔지만 이제 그러려니 하게 되었다. 다른 곳에 편의점을
하나 더 가지고 있는 언니의 말에 의하면 이 지점의
손님들은 대체로 얌전한 편이라고 했다. 대부분이 낮에도
얼굴을 마주해야만 하는 이웃들이니까.

물론 이게 얌전한 거면 도대체 다른 데는 어떤 사람들이
온단 말인가, 싶은 생각이 아예 안 드는 것도 아니었지만.

어디서 또 이런 직장을 구하겠는가. 낮엔 아이와 함께
시간을 보낼 수 있고, 밤에도 혹시나 무슨 일이 벌어지면
한달음에 뛰어갈 수 있다. 그런 부분을 생각하면 이 이상
투정을 부리는 건 사치였다.

"어서 오세요."

손님의 등장을 알리는 벨이 울렸다. 누군가 갈지자로
비틀거리며 편의점 안으로 들어선다. 생각하기가 무섭게
취객 등장인가. 인주는 살짝 한숨을 쉬며 손님을 주시했다.
그리고 조금, 아주 조금 놀랐다.

"앙영하습니ㄲ."

얼마나 취한 건지 혀가 배배 꼬이다 못해 도통 제대로 된 발음을 내놓지 못하는 남자는 옆집 사람이었다. 희완이의 아빠.

언제나 정갈하던 옷차림이 오늘따라 엉망이었다. 넥타이는 반쯤 풀려 있고 셔츠는 단추 두어 개 정도가 열려 있었다. 안경은 콧등에 반쯤 걸치다 말았고 가방은, 가방은⋯⋯.

"가방이 토하고 있어요!"

그녀는 깜짝 놀라 소리쳤다. 그 말에 남자가 멍한 눈으로 그녀를 한 번, 가방을 한 번 보았다. 남자가 한 걸음씩 내디딜 때마다 가방에서 물건이 줄줄 새고 있었다. 그녀는 카운터에서 뛰쳐나가 남자의 가방이 토하고 있는 물건을 주워들었다.

사탕이었다.

다시 보니 입을 훤히 벌린 남자의 가방엔 사탕이 빼곡히 들어차 있었다. 서류나 필기구 따위가 들어가 있어야 할 것 같은 가죽 가방에, 원주인은 온데간데없고 웬 정체 모를 사탕만 한가득 들어앉은 참이었다.

"저기, 이게 다⋯⋯ 뭐예요?"

이 사람, 사탕 만드는 회사에서 일하나? 순간 그런 의문이 든 것도 이상한 일은 아니었다.

그러나.

인주는 그 사탕의 정체가 뭔지 대충 알 것 같았다. 왜,
그 있잖은가. 노래방이나 술집, 식당 같은 데 가면 입구
카운터에 곧잘 놓여 있는 그, 종합 캔디.

어쨌든 흘린 물건이니까 그녀는 정성스레 사탕을 주웠다.
입구까지 점점이 이어진 사탕을 줍고 있노라니 기분이 약간
이상했다. 헨젤과 그레텔의, 그레텔이 된 기분이었다.

"우히 완이⋯⋯, 즈르그, 아니, 주려고, 그⋯⋯."

남자가 띄엄띄엄 힘겹게 만들어낸 대답은 대충 그러했다.
나름대로 노력 중인데도 영 발음이 정리되지 않는 듯,
이래저래 엉망으로밖에 들리지 않았다. 인주는 평상시에
마주칠 때마다 듣곤 했던, 잘 정돈되어 있던 단정한 발음을
떠올렸다. 취하면 저렇게 되는구나. 안타까운 일이었다.

남자가 고개를 설레설레 젓더니 마른세수를 했다.
어떻게든 정신을 차리기 위한 애타는 노력인 듯했다. 몇
번이나 휘청거리며 품에서 지갑을 꺼내더니 카운터에
지폐 한 장을 올려 두고는, 냉장고에서 숙취 해소 음료를
꺼내 단숨에 들이켰다. 후, 남자가 깊게 숨을 들이쉬었다
내쉬었다.

사탕을 한 아름 안은 채로, 인주는 남자의 모습을
우두커니 쳐다보았다. 어쩐지 웃음이 날 것 같았다. 그녀는
얼른 고개를 돌렸다. 입가가 부들거리는 걸 도무지 참을

수가 없었다.

5분 정도 흘렀을까, 그동안 심호흡만 반복하던 남자가 드디어 약간은 멀쩡해진 걸음걸이로 그녀에게 다가왔다.

"죄송합니다."

"어……, 아니, 괜찮아요."

"오랜만에 과음을 하는 바람에. 정말 죄송합니다, 어……."

남자가 고개를 갸웃거렸다. 불현듯 자신이 놓친 사실을 깨닫고는 놀란 기색을 보였다. 평소엔 희완이를 꼭 닮아 표정 변화가 거의 없는 사람이었는데, 취하고 보니 이렇게 다채로웠다.

"……실례지만, 성함이 어떻게……. 죄송합니다. 제가 경황이 없어서 여태 통성명도 제대로 못 했습니다."

"아."

아, 그러고 보니.

인주는 그에게 자신을 소개했던 말을 떠올렸다. 매번 똑같이 반복했던 그 단어.

람우 엄마예요.

람우 엄마인데요.

아 저, 람우 엄만데.

반면, 저 사람은 어땠더라. 첫 통화에서 똑똑히 말했었다.

정일범입니다.

"정일범입니다."

남자가 손을 내밀었다. 크고 단단한 손이었다. 인주는
문득 깨달았다. '람우 엄마', 맞지. 그런데 그 이전에 자신은.

"김인주예요."

김인주였지.

그간 하도 정신없이 아등바등 살아오느라 잊고 있었다.
눈앞의 남자가 그 사실을 일깨워 주었다. 새삼스럽게 그의
얼굴을 물끄러미 바라보느라 그만, 악수할 타이밍을 놓쳐
버렸다. 무례한 짓이었으나 남자는 나무라거나 불쾌해하는
대신 처음부터 내밀지 않았던 것처럼 조심스럽게 손을
거둬들였다.

세상에, 나 좀 봐. 뭐 하는 짓이람. 뒤늦게 그의 악수를
거절한 셈이 됐다는 걸 깨달은 그녀가 눈에 띄게 당황하자,
일범은 가방에서 사탕을 한 줌 더 꺼내 인주가 안은 사탕
더미 위에 올렸다.

"람우 갖다 주세요. 좋아할 겁니다. 그 나이 때 애들은
원래 사탕을 좋아……, 아니 술이 아직 덜 깼습니다. 바람
좀 쐬다 들어가야겠어요. 감사합니다. 희완이 잘 돌봐
주셔서. 우리 애가 인주 씨를 잘 따라서 얼마나 다행인지
모릅니다. 제가 요즘 안심하고 출근합니다. 그러니까……."

뭔가 상당히 긴 횡설수설이었다. 스스로 말해 놓고도
어리둥절한지 그는 또다시 고개를 마구 흔들었다.

"감사합니다. 저는 이만 가 보겠습니다."

그러더니 주섬주섬 가방을 닫고 잠깐 내려뒀던 빈
음료병을 꼭 쥐고는 밖으로 나갔다. 문을 열다가 또 기우뚱
비틀거리긴 했지만 어쨌거나 그는 무사히 나가는 데
성공했다.

"아."

감사 인사를 하는 걸 깜빡했다. 인주는 멍하니 제 품에
안긴 사탕 더미와 남자가 빠져나간 문을 번갈아 보았다.
뺨이 다 화끈거렸다.

세상에, 나 좀 봐. 지금 저 모습에 설렌 거야?

사탕이 와르르 쏟아졌다. 인주는 열이 올라 뜨거운
두 뺨을 감쌌다. 쉬이 식혀지지 않았다. 일, 일을 해야지.
어떻게든 진정시켜 보려고 쉼 없이 부채질을 하며 카운터로
돌아갔을 때, 그녀는 잊어버린 게 하나 더 있다는 사실을
깨달았다.

"잔돈……."

안 줬다.

8.

결과적으로 잔돈은 다음 날 아침에 무사히 돌려줄 수
있었다. 옆집이니까.

얼큰하게 취해 있었던 지난밤이 무색하게 남자는
평소처럼 단정한 차림이었다.

빳빳하게 세운 와이셔츠 카라에, 빈틈없이 꽉 맨 넥타이.
눈에 꼭 맞는 안경과 깔끔하게 뒤로 넘긴 머리. 그의 손을
잡은 희완이의 모습 역시 말끔했다. 구김 없이 잘 다린
원피스에 양 갈래로 묶은 머리. 손에 쥔 인형까지 한 점
더러움 없이 깨끗한 모양새였다.

혼자 일하며 아이까지 돌보는 게 얼마나 힘든 일인지,
그녀는 아주 잘 알고 있었다. 자신도 그렇게 살고
있었으니까.

그러니 저 완벽한 부녀의 외양을 위해 그가 얼마나
무리했을까를 유추하는 건 그렇게 어려운 일이 아니었다.
대단한 노력가구나. 그게 남자의 세 번째 인상이었다.

"지난밤엔 죄송했습니다. 상당히 오랜만의 회식 참가라,
그만…… 못 볼꼴을 보여드렸습니다. 죄송합니다."

그가 정중하게 허리를 숙였다. 전날 터트리지 못한
웃음이 이제야 목을 타고 올라왔다. 소리 내어 맘껏 웃으며,
인주는 짐짓 장난스러운 투로 입을 열었다.

"뭐 그렇게 죄송한 일이 많아요? 계속 죄송하단 말씀만
하시네요."

"……여러 가지로, 실례를 많이 저질러서. 면목이
없습니다."

"차라리 감사하다는 말이 낫겠네요. 앞으론 죄송한 일이
있으면 감사하다고 말하는 걸로 해요."

어제 미처 하지 못한 악수를 마무리하기 위해, 그녀는
손을 내밀었다.

"저랑 친구 하실래요?"

"……죄, 감사합니다."

남자가 손을 마주 잡았다. 따라 하고 싶었던지,
람우도 희완이에게 손을 내밀었다. 희완이가 고개를
기우뚱거리더니 그 손을 잡았다. 네 사람은 아파트 복도에
서서 힘차게 손을 흔들었다. 즐거운 아침이었다.

9.

그렇다고 해서 그들이 금방 연인 관계로 발전한 건
아니었다. 시작하는 데는 시간이 조금 걸렸다. 과거 사랑의
잔재가 오래도록 남아 각자의 영혼 밑바닥에 깔려 있기
때문이기도 했고, 아이들 때문이기도 했다.
    자신들의 섣부른 감정이 혹시나 아이들에게 상처가
될까 봐, 참고 꾹꾹 눌러 숨겼다. 이따금씩 새어 나오는
파편을 그도 그녀도 눈치 채고 있었지만, 일범은 희완이를
우선시했고 인주는 그를 좋아하는 것만큼, 아니 그
이상으로 희완이를 좋아했다.
    말수 없고 표정 없는 작은 아이. 그러나 그 저변에 숨겨진
다정함을 안다.
    뒤늦게 알게 된 사실이지만 입이 짧고 까다로운 아이였다.
그러나 인주가 손수 해 온 요리만큼은 남김없이 비웠다.
쉴 틈 없이 바쁜 아빠가 어렵게 시간을 내 사 온 금발의
바비 인형을, 그 애는 별로 좋아하지 않았다. 그러나 마치
그림자처럼 자신의 손에 꼭 붙이고 다녔다. 그 인형은
희완이가 다 자란 지금도 그 아이 방 책상 한편에 자리를
차지하고 앉아 있었다.
    자세히 관찰하지 않으면 알 수 없는 그런 모습들이,
인주는 참을 수 없이 사랑스러웠다.

"딸이 그렇게 좋아?"

람우가 지나가는 말처럼 가볍게 물어온 것은 어느 밤의 일이었다. 아침부터 몸살 기가 있던 희완이가 약 기운에 떠밀리듯 먼저 잠든 뒤, 모자는 거실에서 예능프로를 보고 있었다. 음량을 한계까지 줄인 텔레비전이 주의를 기울이지 않으면 알아들을 수 없을 만큼 자그마한 소리로 속삭였다. 웃음소리, 말하는 소리. 그 사이에서 람우는 태연하게 등을 기댄 채 리모컨을 쥐고 있었다.

"그럼. 엄마 닮은 예쁜 딸이 얼마나 갖고 싶었는데."

"그럼 재혼해. 나 예쁜 여동생 하나 낳아 주면 되겠네."

람우가 천연덕스럽게 웃으며 툭 말을 던져 왔다. 순간 가슴이 덜컹 내려앉는 걸 느끼고, 인주는 아들을 돌아보았다.

"아님, 쟬 그냥 동생 삼을까?"

어느새 다 자란 아들이 턱으로 희완이가 잠든 방문을 가리키며 킥킥거렸다. 인주는 떨리는 손을 맞잡았다.

"……애가 못하는 말이 없어."

내가 그러면, 너는 어떻게 하니.

일범은 몰랐겠지만 인주는 언젠가부터 눈치 채고 있었다. 어떻게 모를까. 제 아들이고, 그 아들만큼 소중하게 키워 온 아이인데. 몸살에 지쳐 까무룩 잠든 희완이에게 조심스레 이불을 덮어 주던 그 손의 따스함을, 그 눈에 깃든 애정을.

어떻게 모를 수가 있을까.

"아이고, 어머니. 소자 이제 다 컸나이다. 하산할 일만 남았으니 속히 당신 인생 찾으소서."

"얘가 진짜. 뭐래니, 정말."

태도는 장난스러웠지만 아들의 눈은 한없이 진지했다. 혹시 자신 때문에 그러는 거라면, 그러지 않아도 된다고 말하는 것처럼. 그래도 될까. 주춤댈 수밖에 없는 그녀의 마음을 다 안다는 듯이, 람우가 씩 웃더니 기지개를 쭉쭉 켜며 자리에서 일어섰다.

"아, 자야겠다. 소자 이만 물러갑니다. 새아빠와의 만남, 기대하지요."

람우는 마지막까지 능청을 떨다 현관을 나섰다. 인주는 차마 곧바로 그 뒤를 따르지 못하고 소파에 등을 기댔다. 희완이의 곁을 지켜야 했다. 아플 때 곁에 사람이 없으면 몸이 아픈 것보다 혼자라는 현실이 더 서러운 법이었다. 희완이가 그런 감정을 느끼게 두고 싶지 않았다.

그와는 별개로, 머리가 혼란스러웠다. 어떻게 하는 게 옳은 일일까.

10.

결국, 기나긴 고민 끝에 두 사람은 솔직해지기로 했다.
감춘 기간이 길었던 만큼 한번 마음먹고 나자 모든 것이
일사천리로 진행되었다. 기어이 결혼을 결정하기까지는 그리
오랜 시일이 걸리지 않았다.

마침내 결혼에 대해 고백하고 이해를 구하려던 날.

람우가 사고를 당했다.

11.

돌고 돌아 11년 만에, 인주는 여자를 다시 만났다.

병원 1층에 위치한 카페 안이었다. 대학병원 내부이기 때문일까. 소란스럽지만 마냥 밝은 분위기는 아니었다. 서너 명에 한 명꼴로 음울한 얼굴이 보였다. 꼭 자신처럼.

인주의 행색은 엉망이었다. 람우가 식물인간 판정을 받은 뒤로 지금껏 한숨도 자지 못했다. 피곤에 지친 몸이 기절해도 다음 순간 의식이 깨어났다. 내내 람우의 곁을 지키느라 집에도 한번 가 보지 못했다. 일범이 몇 번인가 들러 갈아입을 옷이나 생필품 등을 챙겨 주었지만 어느 하나 손에 잡히지 않았다. 그저 그런 생각만 들었다.

왜 나한테 이런 일이 일어났을까.

뭘 잘못해서.

그 애 탓이야. 마음속의 악마가 소곤거렸다.

아니야. 있는 힘을 다해 반항했지만 시간이 지날수록 악마가 의식을 잠식해 갔다. 그 애 때문이야, 그 애만 아니었으면 내 아들이 저렇게 될 일은 없었을 거야. 아, 이 얼마나 끔찍한 발상인지.

"안부부터 물을까 했는데."

"……."

"의미 없어 보이네."

"……왜 오셨어요?"

지난 11년간 지나치게 행복해서 여자의 존재를 새까맣게 잊고 있었다. 저런 사람이 있었지. 머리가 기계적으로 생각했다. 여자는 변함없이 우아하고 또 아름다웠다.

"그동안의 양육비야."

여자가 봉투를 테이블 위에 올렸다. 인주는 멍하니 손을 뻗어 봉투 안의 내용물을 살폈다. 오래전과 비슷한 두께였지만 훨씬 많은 금액이 들었다. 아, 그래. 그때는 5만 원 권이 없었지. 생각하고 보니 안쪽에 샛노란 지폐가 빼곡하다.

"선금이야. 나머지는 계좌로 보냈어. 물가 인상까지 고려해서 넣었으니 부족하진 않을 거야."

계좌……. 계좌는 어떻게 알고? 그제야 퍼뜩 정신이 들었다.

"계좌라뇨?"

"당신 계좌."

"어떻게……."

"설마, 모를 거라 생각했어?"

"……그럼, 왜……."

그냥 놔두셨어요? 질문이 목까지 치고 올라왔다. 삼킨 것은, 하필 그 순간 초등학생쯤 되어 보이는 남자애 하나가 여자에게 쪼르르 달려왔기 때문이었다.

"엄마!"

"인사부터 해야지."

"안녕하세요. 유솔하입니다."

아이가 씩씩하게 인사를 해 왔다. 삽시간에 펼쳐진
풍경에 어안이 벙벙해졌다. 답은 얼떨결에 흘러나왔다.

"그래……. 안녕."

"윤 비서 아저씨한테 가 있을래? 이야기가 조금 길어질 것
같아."

"응, 빨리 와요."

아이가 여자의 양 볼에 뽀뽀를 남기더니 멀찍이 선 정장
차림의 남자에게 쪼르르 달려갔다. 짧은 만남이었지만
사랑을 듬뿍 받고 자란 아이라는 사실을 한눈에 알 수
있었다. 아이를 대하는 여자의 태도에도 시종일관 사랑이
담뿍 묻어났다.

"저 애는……?"

"대리모."

"……친모자 간인 줄 알았어요."

"아이는 죄가 없잖아."

"그것도 어른들이 시킨 일인가요?"

"그래."

"그럼 이것도……?"

인주가 봉투를 가리켰다. 여자가 천천히 고개를 저었다.

어느덧 그녀의 입가에 부드러운 미소가 떠올라 있었다.

"자기, 돈 좋아하잖아."

비꼬는 기색 없이 무덤덤한 태도였지만 그렇다고 부끄럽지 않은 건 아니라서, 인주는 고개를 푹 숙였다.

"그땐 죄송했습니다."

"뭐가?"

"……함부로 남의 돈에 손대면 안 되는 건데. 그 죄를 지금 받나 봐요. 조금만 말미를 주시면……, 꼭 갚을게요."

"이상한 말을 하네. 김인주 씨, 이건 의무야. 우리 집안에서 키우진 않았더라도 그 아이, 그 사람 아들이잖아. 아이 아빠가 양육비를 지급하는 건 당연한 일이야."

"……예?"

듣고 보니 틀린 말은 아니긴 했다. 그러나 그들의 관계와 지난 만남을 돌이켜 보자니 한없이 이상한 말이기도 했다. 세상 누가 자기 남편의 내연녀였던 여자에게, 제멋대로 아무도 반기지 않는 애를 낳아 키운 여자에게 양육비를 챙겨 준단 말인가. 그것도 저렇게 담담하고 산뜻한 기색으로.

"매달 13일에 여기서 만나. 앞으론 달마다 지급할게."

"예……?"

그녀의 말은 점점 더 이해할 수 없는 방향으로 흘러갔다. 왜? 인주의 얼굴 가득 의문과 혼란이 아로새겨졌다.

"11년 전에, 돈 들고 도망간 벌이야."

"……그건."

"아. 지금에서야 말하는 거지만 그때 당신, 꽤 인상적이었어."

"……."

"먼저 일어날게."

마지막까지 혼란만 던져두고 여자는 자리를 떠났다. 남겨진 인주는 멀거니 빈자리와 봉투를 노려보았다.

대체 방금, 무슨 일이 벌어진 거지.

12.

며칠 새 일어난 그 많은 일을 한 번에 다 받아들이자니
곤혹스러워서, 인주는 일단 눈앞에 보이는 일부터
처리하기로 했다. 그녀는 은행으로 가 돈을 입금하고
계좌를 확인했다.

"……맙소사."

입이 떡 벌어지는 금액이 꽂혀 있었다. 이만한 금액이
양육비라니, 자그마치 11년이니까 보통 액수는 아니겠다
싶었지만 그래도 이건 너무 많았다. 무슨 기준으로 계산한
거지? 물가 인상을 반영했다고 했나? 그렇다고 이만한
금액이 나오나?

새삼 의문이 한가득 떠올랐지만 물어볼 도리가 없었다.
연락처조차 받아두지 않은 탓이다. 귀신에 홀린 기분이었다.

어쨌든 돈의 위력은 굉장했다. 반쯤 미칠 것처럼
오락가락했던 지난 며칠간의 고통을, 뜻밖의 거액이
가져다준 혼란이 몰아냈다. 문득, 그녀는 입출금기에 달린
거울을 보았다.

엉망진창인 여자가 거기에 있었다. 하얗게 질린 얼굴 위로
지난한 고통의 기색이 역력하다.

아.

뭘 해야 할지 알 것 같았다. 지금 자신에게 가장 필요한

게 뭔지.

하루라도 빨리 일상을 되찾아야 했다.

그것이야말로 어떤 고통 속에서도 사람을 버티게 하니까.

13.

그 길로 미용실부터 들러 머리를 다듬었다. 다음엔
백화점에서 평소였다면 엄두도 못 냈을 비싼 옷을 사 입고,
고급 레스토랑에 들러 맛있는 음식을 먹었다. 근처 호텔
사우나에서 하얀 거품이 올라오는 탕에 몸을 푹 담갔다가,
마지막으로 마사지 숍에 들렀다.

한마디로 사치를 잔뜩 부렸다. 중간중간 이래도 되나
싶은 생각이 들었지만 뜻밖에도 그런 것들이 마음을
나아지게 했다. 머리를 다듬고 맛있는 음식을 먹고 뭉친
근육을 푸는 일련의 과정들이.

누군가 지금 자신을 본다면 뭐라고 할까.

아픈 아들을 팽개치고 남의 돈으로 사치나 부리고
다니는 미친 여자라고 손가락질할 것이다. 제정신이
아니라며 비난하겠지.

어떻게 저럴 수가, 인간도 아니다, 엄마가 저러면 안 되지,
애 엄마라는 사람이 말이야.

그래서 뭐.

그들 중 누가 자신의 마음을 구원할 수 있단 말인가. 누가
자신의 삶을 돌봐줄 수 있나.

그녀는 병원으로 돌아가, 아들 옆에 간이침대를 펼쳐놓고
오랜만에 아주 깊이 잠들었다.

깨어났을 땐 머리가 맑아져 있었다.

비로소, 머릿속 악마가 물러났다.

14.

　김인주는 정희완을 사랑했다. 김람우도 정희완을
사랑했다. 만약 그 자리에 그녀가 있었더라도 같은 선택을
했을 것이다. 그 아이를 구했으리라.

　그러니 그 애는 아무 잘못이 없다.

　마음을 모두 정리하기까지는 시간이 약간 더 걸렸다.
그사이 인주는 여자를 꼬박꼬박 만났다.

　"좋아 보이네."

　두 번째 만남에서 완전히 달라진 인주의 모습을 보고,
여자는 그런 말을 했다. 아니, 이제 여자로 지칭하는 것은
옳지 않다. 그녀의 이름은 한호경이었다. 한때 김인주가
사랑했던 남자의 아내. 지금은 뭐라고 해야 할지 모르겠다.
그들의 관계는 이루 말할 수 없이 기묘했다.

　"덕분에요."

　당신이 준 돈으로 실컷 사치를 부리고 돌아다녔노라고
말하면 비웃을까. 경멸할까. 인주는 담담하게 이야기를
늘어놓았다. 미용실, 백화점, 레스토랑, 마사지 샵, 뭐 그런
것들.

　"그래."

　호경은 짧게 웃거나 고개를 끄덕이거나 하며 진지하게
호응해 주었다. 거기에 비난은 담겨 있지 않았다. 마음이 좀

더 편안해졌다.

"다음에 봐."

인주의 이야기가 전부 끝나자 그녀는 짤막한 인사를
남기고 카페를 떠났다. 세 번째 만남도 비슷했다. 인주는
그간 있었던 일들을 말했다. 그게 의무인 것처럼. 몇 번
반복되자, 호경도 조금씩 자기 이야기를 하기 시작했다. 두
사람은 서로의 이야기를 들었다.

친구도 아니고 좋은 사이로 만나지도 않았다. 그
때문일까. 오히려 가까운 지인들에겐 하지 못하는 이야기가
그 앞에선 쉽게 흘러나왔다.

그 기이한 만남은 장장 6년이나 이어졌다.

15.

차일피일 미루다 보니 어느새 6년이나 흘러 있었다. 그새
람우의 몸은 조금 자랐다. 식물인간 상태가 아니었다면
아마 더 자라지 않았을까. 열일곱에 이미 키가 제법 컸으니,
잘생기고 번듯한 청년으로 자랐을 것이다.

지금은 이렇게 야윈 모습이지만.

마음이 어느 정도 안정되면 그 아이를 만나러 가야지.
그런 결심을 했었다. 그러나 막상 걸음을 떼기가 쉽지 않아
그간 한쪽 구석으로 미뤄둔 채 덧없이 시간만 흘려보냈다.
얼굴을 보면 무슨 말부터 해야 할까. 행여 원망하는 말이
흘러나오지는 않을까. 자신이 없었다.

관계는 끝을 고했지만 일범은 종종 찾아와 말없이
람우를 돌봤다. 그만 와도 된다고 몇 번이나 말했는데도
그는 도통 고집불통이었다. 하여튼, 부녀가 세트로
황소고집이지. 결국 인주는 그를 말리는 것을 포기했다.

"람우야."

아무리 불러보아도 대답은 없다. 그런 것엔 이미
익숙해졌다. 그래도 가끔은 속절없이 기대하고 만다. 부르면
예전처럼 씩 웃으며 대답해 주지 않을까, 그런 부질없는
기대를.

"내일, 희완이를 만나러 갈까."

많이 컸겠지, 그 애. 여전히 예쁘겠지.

"응원해 줘."

내가 용기를 낼 수 있게.

그렇게 나선 길에 그녀는 사고 소식을 들었다.

한참을 그 동네 어귀에서 서성대다, 끝내 용기를 내지
못하고 돌아서던 참이었다. 미련이 뚝뚝 묻어나는 발로
터덜터덜 걸으며 몇 번이고 되뇌었다. 내일은 할 수 있을
거야. 내일은, 정말로. 그 아이 나를 보면 뭐라고 할까.
원망할까? 반겨줄까, 아니면…… 가정은 아무리 해
봐야 소용없었기에 그녀는 차라리 자신이 취할 행동을
따져보았다. 사과부터 해야 할 것이다. 돌아보지 못해
미안했다고. 그 뒤엔 꼭 안아 줘야지. 이제부터라도, 보듬어
줘야지.

모두 헛된 바람이었다.

주머니 안에서 진동이 울렸다. 핸드폰을 꺼내 화면을
확인하고 정일범, 세 글자를 보았을 때만 해도 별다른
생각이 없었다. 이 사람이 웬일이지, 병실은 간혹 찾아와도
따로 연락을 준 적은 없었는데. 겨우 그 정도.

그리고.

떨리던 손끝에서 핸드폰이 툭 떨어지며 둔탁한
소리가 났다. 인주는 멍하니 엉망으로 금이 간 액정을
내려다보았다.

여보세요? 인주 씨? 미안합니다. 정말 미안한데, 지금 부탁할 사람이 없어서……. 응급실에, 응급실에 좀 가 봐 주세요. 희완이가 거기에……, 제가 멀리 나와 있어서, 아무리 빨리 가도 두 시간은…… 인주 씨?

　무슨 정신으로 택시를 잡아타고 병원까지 달렸는지는 몰랐다. 새하얘진 머리로 허겁지겁 차에서 내려 병원 안으로 뛰어들며 그녀는 그저 빌었다. 이번엔, 이번만큼은 제발 앗아가지 말아 달라고.

16.

희완이는 일주일째 눈을 뜨지 못했다. 혼수상태였다.
찰과상이 있었고, 뼈에 금이 가긴 했지만 큰 부상은
아니라고 했다. 그럼에도 희완이는 일어나지 않았다. 마치
그러길 바라지 않는 것처럼.

누구도 잘못하지 않았다는 걸 머리로는 알고 있었다.
그러나 희완이가 이 모든 걸 예상이라도 한 것처럼 휴학을
신청하고 아르바이트를 그만두고 집안을 정리해 뒀다는 걸
알았을 때.

그녀는 자신을 탓하지 않을 수가 없었다. 이 아이, 대체
그동안 어떻게 살아 온 걸까. 살이라곤 없이 마른 몸. 뜨지
않는 눈 위로 죽음이 짙게 머물러 있었다.

어디에 기도해야 할지 알 수 없어서, 그녀는 닥치는 대로
기도했다. 우리 아이 좀 살려 주세요. 누구라도 좋아요.
우리 아이 좀 살려 주세요. 평생 갚으면서 살게요.

제발……, 살려 주세요.

기적처럼, 정확히 일주일째 희완이가 눈을 떴다.

다음 날 람우가 조용히 호흡을 멈췄다.

신은 그녀에게 하나를 주는 대신 하나를 거둬갔다.
세상에 대가 없는 기적이란 있을 수 없다는 듯이.

17.

장례는 조용히 치러졌다. 병실에서 안정해야 하는
희완이가 눈치 채지 못하도록, 비밀스럽게. 언젠가는 사실을
알려 줘야겠지. 하지만 지금은 아니다. 희완이의 상태가
아직 불안정했다.

시시때때로 울음을 터트리는 모습이 불안했다. 아이가
혼자 살던 집, 얼마 없는 짐이 차곡차곡 정리되어 있는 그곳
책상 위에서 텅 빈 종이를 발견했었다. 아무것도 쓰여 있지
않았지만 그것이 무엇을 의미하는지 어찌 모르랴.

신을 원망하지 않는 것은 아니었다. 그러나 감사하지
않는 것도 아니었다. 복잡한 마음속에 단 한 가지 분명한
사실만을 길잡이 삼아 그녀는 앞으로 나아가기로 했다.
이제 후회할 일은 만들지 않을 것이다.

람우야, 너는 어떠니. 내가 사랑하고 네가 사랑한 아이.
나는 그 아이를 지켜 주고 싶어.

18.

그 달은 호경이 조금 이르게 찾아왔다. 람우의 장례를
치른 지 딱 사흘째 되는 날이었다. 어김없이 테이블 위에
봉투가 올랐다.

인주는 그 봉투를 도로 밀어냈다.

"이제 그만 주셔도 돼요. 제 아들, ⋯⋯떠났어요. 완전히."

호경이 건네준 호의 덕분에 버텨 낼 수 있었다.
양육비라는 명목으로, 일하지 않아도 될 만큼 넉넉한 돈을
받았기에 줄곧 아들의 곁에 붙어 돌보며 마음을 정리할
수 있었고, 또 그러했기에 나중에는 파트타임으로 간단한
일을 시작하며 온전한 일상을 되찾을 수 있었다. 그녀는
의무라고 말했지만 그것은 분명히 호의였다.

일상은 일상대로, 람우를 돌보는 일은 일상에 더해서.
간간이 웃고 떠들고, 자신의 몸을 챙기고, 또 일하고.

람우가 언젠가 당부한 것처럼 자신의 인생을 살았다.
믿을 수 없을 만큼 평온한 날들이었다.

"부조금이야."

"⋯⋯아."

"소식 들었어. 찾아갈까 했지만 안 가는 게 나을 것
같았지."

"오셨으면 좋았을 텐데."

호경이 고개를 저으며 말했다. 우리가 그럴 만한 사이는
아니잖아. 그러네요. 두 여자는 잠시 서로를 보고 웃었다.

"안타까워. 나는 당신 아이가 커서 어른이 되는 모습을
보고 싶었어. 그 모습이 참, 예쁠 것 같았거든."

그녀가 꺼내 놓은 마지막 말은 작별 인사처럼 들렸다.
하긴, 이제 그들이 만나야 할 이유는 더 이상 없는 것이다.

"그간 감사했습니다."

"인주 씨, 그건 감사할 일도 아니고 죄송할 일도
아니야. 나는 내 남편이 방치한 책임을 대신 졌을 뿐이지.
부부이기에 당연히 해야 할 일이었어. 하지만 당신이
감사한다면, 그건 그것대로 기분이 나쁘지 않아."

"뭐라고 하셔도 저는 평생 감사하면서 살 거예요. 어떤
형태로든 꼭 갚겠습니다."

"그럼, 예쁘게 살아. 그게 빚을 갚는 거야."

예쁘게. 그녀가 말하는 예쁜 삶이란 뭘까. 어쩌면 그건,
행복을 말하는 걸까.

"다음에 봐."

호경은 이제까지와 똑같은 인사를 남기고 떠났다. 그러나
그들이 재회하는 일은 두 번 다시 일어나지 않았다.

19.

희완이가 퇴원하고, 인주는 자연스럽게 그 집으로
들어갔다. 희완이를 돌봐야 한다는 핑계였다. 일범은 그녀가
이별을 고하던 때 묵묵히 그 의사를 존중했던 것처럼,
무작정 집 안에 들어설 때도 아무 말 없이 받아들였다.
그러나 아무리 그렇다고 해도.

이쯤 되면 뭔가 액션이 있어야 하지 않나?

약 한 달쯤 흐르자 고민하지 않을 수가 없었다.

희완이는 차차 안정되어 갔다. 슬슬 람우의 죽음에 얽힌
진실을 알려 줄 준비를 하는 참이었다. 그 일을 끝내고
나면 그들 사이에 남은 앙금도 어느 정도는 마무리될
것이다. 모두 털어 내려면 아직 좀 더 울어야겠지.

그래도 평범한 일상을 영위하며 살아가고 있었다.
한동안은 삐걱거리겠지. 그러나 곧 맞물릴 것이다. 서로에
대한 사랑이 그들의 북극성이었다. 언제나 변함없이 그
자리에서 빛나는.

그러니 이제 행동해야 하지 않겠는가. 얘기만 실컷 꺼내고
의논만 열심히 나누다 시작도 못 하고 끝내 버린 그것.

결혼. 람우는 재혼이라 말했지만 그건 일범의 경우고,
그녀는 초혼이었다. 남사스럽다고 욕먹을지도 모르지만
하얀 웨딩드레스도 입고 싶었고, 부케도 들고 싶었으며

축가가 울리는 가운데 행진도 하고 싶었다.

무엇보다, 희완이의 축복을 받고 싶었다.

그 애가……, 축하해 준다면 좋겠다. 웃어 준다면 기쁘겠다. 그녀를 환영해 주었으면 했다. 다시 한 번 가족이 되고 싶었다. 법이 인정하고 증명해 주는, 그들만의 울타리가 아닌 모두가 납득하는 울타리가.

20.

일범이 뚜벅뚜벅 걸어오고 있었다. 언젠가 사탕을
토해 내던, 이제는 낡아 버린 가방을 들고. 여기저기
생겨난 주름살이 지나온 세월을 실감하게 했지만, 멀끔한
차림새만큼은 하나도 변하지 않았다.

인주는 천천히 그를 향해 걸었다. 마침내 두 사람의
걸음이 맞물린 곳은 예의 편의점 앞이었다. 한때 그녀가
매일 밤을 꼬박 지새우던.

"나랑 결혼 안 할래요?"

그녀가 웃으며 묻자 그의 손에선 가방이 떨어졌다. 벌어진
눈이 함지박만 하다.

"너무 놀라면 심장에 안 좋아요. 나이 생각해야지."

"……놀랜 사람이, 누군데……."

"나네. 너무 그렇게 놀라지 말아요. 사람 민망하게."

"……진심입니까?"

"농담이에요."

그의 표정이 망연자실해졌다. 인주는 떨어진 가방을 주워
툭툭 털어낸 후 건네주었다.

"농담이라는 게 농담이에요."

"다음부턴, 이런 농담은 미리 예고를 하고……, 예?"

"가요. 들어가서 저녁 먹어요."

늘 그런 듯이 단정하던 그의 얼굴 위로 혼란이
가득 들어찼다. 인주는 먼저 뒤돌아섰다. 정신 차리면
쫓아오겠지. 새삼 그가 귀여워 보였다. 돌이켜 보면 저런
모습에 반했었다. 반듯하고 올곧은 사람. 하지만 가끔
나사가 풀린 것처럼 굴고, 엉뚱한 데서 황소고집이지.

그런데 웬걸, 쫓아오는 발소리가 들리지 않는다. 인주는
뒤로 돌았다. 아무도 없었다. 어디 갔지? 답은 머지않아
찾을 수 있었다.

어디서 구해 왔는지 모를 장미꽃 한 송이를 든 채 그가
부리나케 달려왔다. 무슨 목적인지는 굳이 고민하지 않아도
알 수 있었다.

"……저와 결혼해 주시겠습니까?"

잠시 호흡을 가다듬은 뒤, 그가 말했다. 인주는 웃으며
그의 꽃을 받아들었다.

그로부터 한 달쯤 더 지난 후, 그들은 비로소 가족이
되었다.

남은 이야기, 한호경.

0.

　여자는 평생 장식품으로 살았다.

　결혼 전에는 제 집안의 장식품, 결혼 후에는 그 집안의
장식품으로.

　딱히 그 삶에 불만을 가져 본 적은 없었다. 이렇게
태어난 이상 마땅히 받은 만큼 다해야 할 의무와 책임이
있었으므로.

　그래서 남편의 여자를 만나 정리하고 오라는 '부탁'을
받았을 때도 그렇게 무덤덤할 수 있었던 거였다. 그렇군.
스케줄을 비워야겠어. 고작 그 정도.

　여자가 집안의 장식품이라면 남자 역시 여자의 인생에선
장식품과 별반 다르지 않았다. 가방에 매다는 액세서리
같은 것이다. 다른 걸로 바꿔 단다 해도 자신의 인생에서
크게 달라지는 부분은 없겠지만 그게 가장 화려하고 가장
값비싼 것.

　그러니 그다지 아끼지 않아도 그 자리에 가만히
두었다. 그 액세서리가 다른 가방을 만나러 돌아다니든
어쩌든 관심조차 가져 본 적이 없었다. 세상은 의무와
책임으로 이루어져 있고, 그 안에 유의미한 것은 아무것도
없었으므로.

　그래서 더욱 의외였는지도 몰랐다.

"도망을 쳤다고."

기다리던 연락이 오지 않은 것이.

"지금 추적 중입니다. 확실해지면 보고 올리겠습니다. 오래 걸리진 않을 겁니다."

비서가 딱딱한 어조로 말했다. 유능한 사람이었다. 그의 말대로 김인주 모자는 금방 꼬리를 잡힐 터였다. 여태 평범하게 살아온 여자가 도망쳐 봤자 어디로 가겠는가. 어차피 이 하늘 아래, 찾아내는 것도 잡아 오는 것도 어렵지 않았다.

"재밌네."

여자는 희미하게 미소 지었다. 낳는 것을 선택했을 땐 그럴 수도 있겠다고 생각했다. 그런 것이 사랑이라고들 하지 않던가. 돈을 거절한 것도 그러려니 했다. 자존심을 챙기는 선택이니까.

돈과 사랑을 모두 선택했을 때는 뭐라고 해야 할까. 글쎄, 일단 그녀는 흥미가 생겼다. 김인주라는 여자에게.

1.

"찾았습니다."

비서가 김인주 모자의 현재 소재지를 찾아냈다며 알려온 것은 그로부터 일주일이 채 지나지 않아서였다. 생각보단 시간이 걸렸다고, 그녀는 그저 그렇게만 생각했다.

"어떻게 처리할까요?"

"우선은 비밀로 하지. 상황을 한번 봐야겠어."

딱히 동정을 베풀고 싶어졌다거나 그 처지가 안타까워서는 아니었다. 어떻게 행동하는 게 자신에게 유리한 카드가 될까, 한호경의 삶은 언제나 철저한 계산 아래서 이루어졌으므로 기껏해야 그 정도가 다였다.

아, 그런데 그 여자. 제법 재밌는 여자였지.

"위치, 놓치지 말고 파악해 뒀다가 주기적으로 보고해."

"알겠습니다."

호경은 천천히 책상을 두드렸다. 앞으로 펼쳐질 상황을 계산하기 위해서였다. 아이가 하나 필요하긴 하겠지. 솔직히 동감은 가지 않으나, 제 집안이든 이 집안이든 이 나라에선 누구나 대를 이을 아들이란 것에 집착하니. 그런 의미에서, 사실 김인주의 아이는 그다지 탐탁지 않았다.

한호경에게 필요한 것은 오로지 그녀만을 보고, 그녀만을 위하며 대외적으로는 그 후계자란 것이 되어줄 수 있는 아이였다. 겉으로는 집안의 구미에 맞추는 한편, 안으로는 그녀만을 위해서 움직여 줄 수 있는 아이. 친모가 따로 있으면 그만큼 허점이 생기는 법이다. 이미 한참이나 그 품 안에서 자란 아이. 정이 들 대로 들었을 테지.

처음, 도망쳤다는 소식을 전해 들었을 때는 오히려 고맙기까지 했다. 시키는 대로 순순히 찾아가 아이를 달라는 '부탁'도 대신해 주었으니, 도망친 여자를 찾는 데 시간이 조금 걸린다고 해서 나무랄 사람은 없을 것이었다.

그들에게 있어 한호경은 언제나 손쉬운 상대였으니. 무능한 장남을 대신해 경영 전반을 처리하면서도 욕심 한번 부리는 일이 없고, 틈만 나면 새 여자를 만들어 오는 남편 앞에서 언성 한번 높여 본 적이 없다. 세상 사람들은 그녀를 들어 그린 듯이 완벽한 현모양처라 칭했다.

물론, 게임이란 끝까지 가 봐야 아는 법이다. 패가 언제 뒤집힐지는 아무도 몰랐다. 줄곧 한호경의 세상은 흑백이었다. 모든 것이 무의미하고, 그저 공허할 뿐.

그러나, 그렇다고 해서 위로 올라설 생각을 하지 말라는 법은 또 없지 않은가.

계집애는 쓸모가 없다, 아주 오래전 흘려보냈던 누군가의 말을 되새기며 그녀는 결론을 내렸다. 놓아 주기로. 새로운 패를 찾아내야지. 좀 더 쓸 만한 걸로. 약간은, 그 여자에 대한 흥미도 그 결론에 포함되어 있긴 했다. 자, 나를

상대로 돈까지 들고 냅다 도망쳤으니 얼마나 잘살지 어디
한번 지켜보겠다고.

2.

이후, 여자를 다시 만났을 때는 한 대학병원의 병실 앞이었다. 형편없이 초췌한 안색에 반쯤 떡이 지다 만 머리를 하고, 거의 넋을 놓은 얼굴로 병실 문을 열던 여자는 호경을 발견하자마자 기절할 듯이 놀라 엉거주춤 주저앉았다.

"오랜만이네."

"……어, 떻게……."

"잠시 얘기 좀 할까."

여자는 묵묵히 그녀를 따라왔다. 인도하는 대로 한 좌석을 차지하고 앉아선, 언제 그렇게 놀랐냐는 듯이 또 한순간 멍한 눈을 했다. 고통스러워 보였다. 호경은 담담히 그녀의 처지를 동정했다.

실로 그린 듯한 불행이지 않은가. 책임감 없는 남자의 꾐에 홀랑 넘어가 미혼모가 되었고, 그럼에도 태어난 아이를 사랑했으나 그 아이는 사고로 식물인간 상태가 되었다.

낳아 주고 싶네요.

그래, 전자는 당신의 선택이었던가. 그렇다면 그를 들어 감히 불행이라 말하는 건 주제넘겠지. 본인이 말한다면 또 모를까, 호경은 자신에게 김인주의 선택을 평가할 자격은 없다고 생각했다.

그러므로 이건, 그저.

"우리 집안에서 키우진 않았더라도 그 아이, 그 사람 아들이잖아. 아이 아빠가 양육비를 지급하는 건 당연한 일이야."

"……예?"

"매달 13일에 여기서 만나. 앞으론 달마다 지급할게."

책임이고, 의무였다.

둘 다 호경이 좋아하는 단어였다. 그렇다고는 해도 어째서 하필 지금이냐고 묻는다면, 그 이전에는 미처 생각하지 못했다고밖에는 할 말이 없겠지만.

정확히, 계기는 유솔이라는 존재였다.

3.

아이에게는 죄가 없다.

호경이 처음, 자신의 영역 안으로 들어온 아이에게 정을
베풀겠다 마음먹었던 건 반쯤은 그런 이유에서였다. 나머지
반은 뭐라고 해야 할까. 그 아이의 존재가 그녀에게 있어
유리한 패로 작용할 것이기 때문이었다.

어느 날 갑자기 덜컥 아들이 생겼어도 여전히 남편은
밖으로만 나돌았다. 그는 아이에게 그다지 관심이 없었다.
제 핏줄이 생기면 조금이라도 달라지지 않을까, 기대했던
어른들은 실망했다. 애초에 우스운 기대였다. 모성이든,
부성이든 단순히 피가 이어져 있다는 사실 하나만으로
난데없이 솟아나는 거였나. 꾸준히 마주하고 같은 시간을
공유하면서 점차 자라나는 것이라고 봐야 하지 않을지.

그래도 생기지 않는 경우도 있는 것 같지만.

가령 예를 들자면, 한호경의 부모라든가.

어쨌거나 그녀는 아이에게 최선을 다했다. 처음엔 목적을
위해서였고, 다음엔 함께하는 시간이 그리 나쁘지만은
않았기 때문이었고, 지금은.

"엄마! 잘 다녀왔어요?"

"그래. 아이스크림 먹었니?"

"응! 윤 비서 아저씨가 사 줬어."

"우리, 약속 하나 했던 것 같은데."

"알아요. 아이스크림은 하루에 하나. 이제 더 안 먹을게요."

목적이 따로 있어 시작된 사랑이었으나 그 사랑을 받은 아이가 꼭 그만큼 돌려주었기 때문이었다. 언제부터였더라? 노력하지 않아도 자연스럽게, 사랑스럽다고 생각하게 된 것은.

아이는 그녀와 같은 부분이 하나도 없었다. 감정적이었고, 누구에게나 다정다감했고, 워낙 붙임성이 좋아 상대가 누구든 금세 사랑받았다. 이 아이를 예뻐하지 않는 사람은 딱 한 명, 그녀의 남편이 유일했다.

한호경은 주기적으로 김인주에 대해 보고받았다. 그리 상세하게 알아볼 필요는 없었다. 어디에 머물고 있고, 어떤 일을 하고, 그 아들은 얼마나 자랐다 정도면 충분했다.

그러다, 그 아들을 한번 만나 볼까 불현듯이 떠올린 것은.

바로 곁에서 하루가 다르게 자라난 유솔하가 어느덧 학교에 들어가게 됐을 무렵이었다. 문득, 생각이 미쳤다. 그 여자의 아이는 얼마 전 고등학생이 되었다고 했다. 어떻게 자랐을까. 자식은 보통 부모를 닮는다고들 했지. 유솔하는 웃을 때면 눈꼬리가 처지고 볼우물이 패는 모습이 남편을 닮았다.

그 모양이 되레 한심해 보이는 남편과는 달리, 마냥

사랑스럽다는 차이가 존재하긴 했지만.

그리하여 만난 여자의 아들은, 제 엄마와 판박이처럼 닮아 있었다.

재밌게 살았고, 재밌게 살아갈 예정인데요.

역시 재밌구나.

그 엄마나, 아들이나 하나같이 재미있는 사람들이었다. 호경은 자신이 좋아하는 두 단어를 떠올렸다. 책임, 의무. 그간은 생각할 겨를이 없어 방치해 뒀으나, 이제라도 떠올랐으니 뒤늦게나마 처리할 때가 되었다.

우선은 오랜만에 그 여자를 만나 볼까.

해서, 스케줄을 하나 비웠을 때였다. 급작스러운 비보가 날아들었다.

여자의 아들이 사고를 당했다는 소식이었다.

4.

"오늘은 꽃을 샀어요."

한 달에 한 번씩 찾아갈 때마다, 김인주는 그녀를 마주
보고 앉아 담담히 자신의 이야기를 늘어놓았다. 별스러운
말은 아니었다. 오늘은 머리를 잘랐어요. 잘 어울리네.
오늘은 식물원을 다녀왔어요. 좋았겠네. 오늘은 간만에
친구들을 만났는데요. 재밌게 놀았나 봐. 오늘은…….

"뭔가 드릴 만한 게 없나 하다가, 생각나는 게
없어서……."

그러며 인주가 내민 것은 각양각색의 거베라로 이루어진
꽃다발이었다. 사이사이 이름 모를 꽃들이 섞여 있는. 꽃의
이름이나 생김새 따위에 관심을 둬 본 적이 없었으므로
호경은 그 하나하나의 이름은 알지 못했다. 다만, 한데
어울려 있는 모양새가 썩 보기에 나쁘지 않다고 생각했다.

"고마워. 잘 간직할게."

이 또한 재미있는 일이었다. 꽃을 선물 받아 본 적이
없지는 않다. 아니, 오히려 일일이 헤아려 보기가 곤란할
만큼 많다고 해야겠지. 그러나 다른 누구도 아닌 남편의
과거 여자에게 받는 꽃 선물이라. 남다른 경험이라고 해야
할 것이다.

이 기이한 관계와 만남이, 호경은 제법 나쁘지 않다고

느꼈다.

"뭐라고 하셔도 저는 평생 감사하면서 살 거예요. 어떤 형태로든 꼭 갚겠습니다."

"그럼, 예쁘게 살아. 그게 빚을 갚는 거야."

마지막이 다가왔을 때는, 꽤 아쉽다고 느꼈을 정도로.

"다음에 봐."

진심으로 호경은 김인주가 '예쁘게' 살기를 바랐다. 이후 그들의 삶이 엮인 적은 단 한 번도 없었으나, 그래도 가끔은 선물 받은 꽃다발을 떠올리며 그때를 회상했다.

평온한 시간이었다.

물론, 한호경의 인생에 있어 평온함이란 그다지 가치 없는 존재였으니 이 기억은 오래가지 않을 것이다. 그래도 한호경이라는 이름 석 자가 적힌 회장 명패를 마침내 손에 넣던 날, 그녀는 가장 먼저 그 옆에 색색깔의 거베라로 이루어진 꽃다발을 꽂았다.

지난날의 자신에게 보내는 일종의 찬사였다.

"김인주 씨, 잘 살고 있나?"

문득, 그 어느 날의 대화가 떠올랐다.

한호경은 잘 살고 있었다. 그리고 그 사실을 김인주는 뉴스를 통해 확인하게 되겠지.

그 집안 어른들은 여전히 너무하시네요. 왜 참고만 계시는 거예요?

……글쎄.

죄송해요. 이런 말은 주제넘죠.

아니. 상관없어. 당신이 굳이 알아야 할 일은 아니겠지만, 일단은 말해 둘까. 나한테도 목적은 있어. 그걸 위해서라면 가끔은 숙여야 할 때도 있는 법이지.

그 목적을 이룬 날이었다. 한호경은 거베라 앞에서 자신을 위한 축배를 들었다.

마주 앉은 사람은 없었으나, 그럼에도 홀로.

남은 이야기, 고영현.

0.

때때로, 저승사자는 사랑하는 사람의 모습으로
나타난다고 한다. 그녀의 저승사자 역시 사랑하는 사람의
모습을 빌어 나타났다.
여덟 살, 엄마가 죽었다.
아홉 살, 엄마가 돌아왔다.

1.

영현의 엄마는 무당이 될 운명을 타고났지만, 동시에 그런 삶을 원하지 않았다. 스무 살의 어느 날, 느닷없이 신병이 찾아왔을 때의 심정이란. 딱 죽고 싶었다고 말했다.

그러니까, 엄마의 모습을 한 저승사자가.

무당의 삶도, 신병을 앓는 삶도, 어느 쪽도 선택할 수 없어 고통스러워하던 그녀는 결국 신내림을 받되 무속 일을 하지 않는 길을 택했다. 그녀에게 절충안을 알려준 늙은 무당은 경고했다. 대신 평생 결혼할 생각 말라고. 네 신은 질투심이 많고 독점욕이 강하니 끝내 파국을 맞을 거라고.

그녀는 마음을 단단히 싸맸다. 그러나 그럼에도 불구하고, 사랑은 불시에 찾아오고 마는 것이다.

제 맘대로 찾아와 제 맘대로 뿌리를 내린다.

경고를 떠올리지 않은 것은 아니었다. 다만 그 사랑을 외면할 도리가 없었을 뿐.

엄마의 모습을 한 저승사자는 아직 어린 영현을 앉혀 두고 그렇게 자신의 이야기를 했다. 못 알아들을 소리가 태반이었지만 영현은 하나도 남김없이 기억에 눌러 담았다. 언젠가 어른이 되면 당신의 이야기를 모두 이해할 날이 오리라. 그때를 위해.

짧은 시간이었지만 그들은 깊이 사랑했다. 엄마는 영현의 머리를 부드럽게 쓰다듬으며 그런 말을 했다.

"너는 우리 사랑으로 빚어진 아이야."

영현이 태어나기 직전, 아빠는 갑작스러운 사고로 숨을 거뒀다. 지하철 승강장에서 선로에 떨어진 사람을 구하려다 그만, 그 자신은 미처 빠져나오지 못한 것이다. 충격에 쓰러진 엄마는 곧 병원에 실려 가 그대로 영현을 낳았다. 고된 진통 속에서 그녀는 불현듯이 낡은 경고를 떠올렸다.

사고는 우연이 불러온 것이었을지도 모른다. 단순한 사고라 생각하는 게 분명 이성적인 판단이겠지. 그러나 언젠가 그 우연이 자신의 아이를 빼앗아 갈지도 모른다는 강렬한 예감이 들었다고 했다.

엄마는 필사적으로 방법을 찾았다. 아이를 지켜낼 방법을. 그것이 자신의 목숨과 맞바꾸는 일일지라도 기꺼웠다고 했다. 마침내 영현이 여덟 살이 되던 해.

엄마는 방법을 찾아냈다.

그녀는 그 방법이 무엇이었는지 끝내 말하지 않았지만 아홉 살의 영현이 몰랐던 것을, 스물세 살의 영현은 알았다.

어느 날, 돌연 엄마에게 벌어진 사고. 그리고 죽음. 어디에서나 빈번하게 일어나는 교통사고였지만, 그 인과는 모조리 영현에게 향해 있었다.

2.

이야기를 끝낸 엄마는 달게 웃으며 말했다.

"영현아."

"응."

"엄마 이름 뭔지 알지?"

"응."

"불러 줄래? 딱 세 번만."

어린 영현은 그저 오랜만에 보는 엄마가 반가워서 시키는 대로 얌전히 그녀의 이름을 불렀다.

세 번.

"엄마?"

불렀을 뿐인데, 시키는 대로 했을 뿐인데 엄마의, 아니 엄마의 모습을 한 저승사자가 점점 희미해져 간다.

"씩씩하게 살아야 해."

"엄마……, 어디 가?"

"할머니 말씀 잘 듣고. 영현아, 엄만 행복해. 지금 너무너무 행복해."

그걸로 끝이었다. 엄마가 사라졌다는 사실을 도저히 믿을 수 없어서 눈을 몇 번 비비고 나자, 병원이었다. 할머니가 머리맡에서 꾸벅꾸벅 졸고 있었다.

영현의 상태를 살피러 온 간호사가 들고 있던 차트를

와르르 떨어트리며 버럭 소리를 질렀다.

"선생님! 환자가 깨어났어요!"

3.

어른이 된 고영현은 가끔 생각했다. 아니, 엄마. 본인만
행복하면 다야? 엄마의 선택으로 말미암아 나도 행복한지,
행복할 수 있을지, 그걸 물어봤어야지!

물론 현재의 영현이 딱히 불행한 것은 아니었다. 그렇다고
마냥 행복하지도 않다. 그냥 적당했다. 행복의 무게도,
불행의 무게도 딱 수평을 이룬다. 그래서 적당히 살아갈
만한, 그런 삶이었다.

4.

　죽을 운명을 뒤바꾸고 살아났기 때문일까, 영현은
이따금씩 이 세상의 것이 아닌 존재를 보곤 했다.
가령 저승사자라거나, 혹은 생령이라거나, 혹은 죽은
사람이라거나 뭐 그런 것들.
　죽은 자와 산 자는 서로 존재하는 채널이 달라 소통하는
것이 불가능했다. 영현의 눈엔 보여도 그들의 눈에 영현이
보이는 일은 없었다. 그들은 그저 멍하니 허공을 보고
있곤 했다. 길을 잃고 헤매는 사람들처럼. 눈이 마주치는
일도 교류가 오가는 일도 없었기에 영현은 딱히 그들을
무서워하지는 않았다.
　정말 무서운 것은 따로 있었다.
　생령과 저승사자. 삶과 죽음의 경계에 걸쳐 있는 그들은
때로 영현을 보고 말을 걸었다.
　"너, 명부를 고쳐 썼군."
　어느 날, 우연히 마주친 저승사자가 그렇게 말했다.
　아이씨, 사람 무섭게 진짜.
　그녀는 입을 가리고 작게 소곤거렸다.
　"아저씨, 말 시키지 마세요. 여기 대중교통 안이잖아요."
　"……"
　저승사자는 뭐 이런 인간이 다 있지 하는 표정으로 잠시

쳐다보다 곧 사라졌다. 그녀는 안도의 한숨을 내쉬었다. 뭐 저런 민폐가 다 있담. 허공에 대고 말하는 모습을 다른 사람들에게 들켰다가 자신의 인생이 어떻게 곤두박질칠 줄 알고.

생각만 해도 온몸이 부르르 떨렸다. 평범하지 않은 것이 배척받는 세계 아닌가. 그 일원으로서, 그녀는 무난하고 적당하게 살고 싶었다.

5.

그들이 자신의 눈에 보인다면 엄마의 모습을 한
저승사자도 만날 수 있지 않을까. 그런 희망을 품던 때도
있었다.

물론 희망 사항일 뿐, 엄마와 재회하는 일은 없었다. 하긴
계속 만날 수 있는 거였다면 작별 인사를 하진 않았겠지.
희망이란 이름의 미련은 금세 사라졌다. 그녀는 씩씩하게
살았다. 자신의 기묘한 능력을 숨기면서.

"이거 보기 드문 아이네. 얘야, 너 명부를 바꿨지?"

왜 이렇게 오지랖 넓은 저승사자들이 많은지 모르겠다.
그녀는 아예 복화술을 익혔다.

"말 시키지 마세요. 인간의 삶을 존중합시다."

영현은 생각했다. 무서워 죽겠네, 진짜.

6.

말 한마디 나눠보지 못한 정희완이 인상에 깊게 남은
데에는, 달리 특별한 이유는 없었다.

그 애는 예뻤다. 화장기 하나 없는 얼굴로도, 무진장.

다만 그 애의 얼굴엔 죽음의 그림자가 짙게 깔려 있었다.
그 그림자가 하도 농후해 그 예쁜 얼굴에도 불구하고
사람들은 본능적으로 그 애를 피했다. 도통 틈을 내주지
않는 성격 탓도 있겠지만 새내기라면 일단 껄떡대고 보는
복학생들마저 슬금슬금 기피하는 걸 보면, 다들 은연중에
느끼고 있는 것이리라.

그 애의 뒤를 따르는 죽음의 기척을.

오래지 않아 사고 소식이 들려왔을 때도 영현은 크게
놀라지 않았다. 언제고 일어날 일이었다. 안타깝지만
어쩌겠는가. 그 애 인생인걸.

그런데 이게 웬걸.

혼수상태로 병원에 누워 있다던 애가 눈앞에서 걷고
있었다. 그것도 저승사자와 함께.

"어……, 저기, 요……?"

헙, 입을 틀어막았을 때는 이미 늦어 있었다. 그들이 뒤를
돌아보았다. 저승사자가 그녀를 향해 눈을 찡긋거렸다. 그가
자신의 검지를 세워 입가에 댔다. 무엇을 말하지 말라는

걸까. 그가 저승사자라는 것? 그 애가 생령이라는 것?

당황한 나머지, 그네들과는 절대 대화하지 않는다는 생활 수칙을 엉겁결에 깨고 말았다. 영현은 더듬더듬 말했다.

"정희완……? 그, 시각 디자인과 정희완……, 맞지?"

희완은 여전히 희고 곱고, 또 냉담한 얼굴로 그녀를 올려다보았다.

"……맞긴 한데."

반응을 보아 하니 자신이 누군지 모르는 모양이었다. 그럴 만도 하지. 정희완은 주변의 그 누구에게도 관심을 두지 않았으니까. 세상 저 혼자 사는 사람처럼. 곧 죽어 없어질 애였으니 그게 이상하지도 않았다.

"오, 애 알아요? 친구?"

저승사자가 씩 웃으며 끼어들었다. 희완의 눈이 그를 향했다.

아아. 저 눈빛. 영현은 깨달았다. 저 저승사자는, 너의 단 한 사람이었구나. 소중하고 소중한.

"동기긴 한데요. 친구……, 는 아니고."

"그럼 친구 후보 하면 되겠네. 아, 전 희완이 오빱니다."

"아, 네. 안녕하세요. 고영현이라고 합니다. 정희완……, 동기구요."

저승사자가 희완의 등을 쿡쿡 찌르며 뭔가 속삭였다. 그 다정함을 차마 외면할 수 없었기에, 영현은 불쑥 손을 내밀었다.

"친구, 지금부터 하지 뭐. 잘 지내보자."

"……안녕."

희완이 손을 마주 잡아 온 것은 의외였다. 솔직히 무시할
거라고 생각했는데. 저승사자가 한숨을 내쉬더니 희완에게
눈짓했다. 그 모습이 무척 다정해 보여서 말해 주고 싶었다.
너, 사랑받고 있구나.

잠시 머뭇거리던 희완이 조심스럽게 입가의 근육을
움직였다. 곧이어 뭐라 말할 수 없을 만큼 괴상한 표정이
만들어졌다. 영현은 멍하니 그녀의 뻣뻣한 얼굴을 보았다.
뭐지, 저건. 설마.

……웃는 건가?

그렇게 생각한 순간, 저절로 한숨이 터지고 말았다.

7.

　참을 수 없이 어색한 만남을 간신히 끝내고, 영현은
몸을 돌렸다. 얼른 여기서 멀어지자. 마침 골목에 사람이
없었으니 망정이지. 누가 보기라도 했으면 뭐라고 생각했을
것인가. 저렇게 기운이 강한 생령에 저승사자라면 예민한
사람 눈엔 보일지도 모르지만, 모험을 감내하고 싶진
않았다.

　"저기! 잠시만, 하나만, 하나만 물어볼게."

　아, 왜!

　"저 사람, 보여?"

　이 이상 너랑 엮이기 싫은데!

　그렇게 생각한 것도 잠시, 영현은 멍하니 되물었다.

　"뭐?"

　"저 사람. 눈에 보이냐고."

　자신의 옷을 꼭 붙든 그 애의 눈이 너무나도 절실해
보여서, 저도 모르게 고민하고 말았다. 뭐라고 말해 주는
것이 옳을지. 내 눈엔 보이지만 다른 사람은 아마 안
보일걸?

　"보여."

　"……고마워."

　고심 끝에 뒤는 자르고 앞만 얘기하자 희완의 얼굴이

몹시 이상해졌다. 도대체 너는. 저 저승사자가 너에게
얼마나 큰 의미이기에.

저기, 있잖아. 내가 자라면서 깨달은 사실인데 그
사람이 없으면 당장이라도 세상이 무너질 것 같지만, 꼭
그렇지만은 않아. 그래도 사람은 살아가. 삶이 존재하는 한.

속에 품은 말을 차마 다 꺼낼 수 없었기에 그녀는 희완의
손을 한 번 잡았다가 놓았다.

"힘내."

네가 꼭 살아났으면 좋겠다. 사진을 인화하면 병문안을
갈까. 아니, 가야겠다.

희완이 깨어났다는 소식을 들은 후, 영현은 인화한
사진을 들고 병원으로 향했다. 어떤 예감이 속삭였다.

두 사람은 좋은 친구가 될 수 있을 거라고.

남은 이야기, 김람우.

0.

매일매일 벤치에 앉아 있던 말수 없는 여자애. 그 많은 애들 틈바구니에서도 항상 혼자 있던 애.

치켜 올라간 눈꼬리와 고집스럽게 앙다문 입술이 어린 눈에도 참 예뻐서 다가가 말을 걸었다. 넌 왜 혼자야? 몰라, 하고 대답하는 목소리마저 예뻐서, 그래서 좋았다.

그런데 그 예쁜 애가 엄마가 간식으로 먹으라며 하나씩 나눠준 초코 빵을 맨땅에 떨어뜨렸다. 나는 잠시 고민했다. 왜냐면 그때 당시 초코 빵은 내가 세상에서 제일 좋아하는 음식이었거든. 아깝지만 별수 있나. 나는 그 애한테 내 몫의 빵을 절반 떼어 나눠주었다. 초코 빵에 바친 사랑보다, 그 애의 환심을 사고 싶은 마음이 더 컸다.

그 애는 잠깐 제 손에 들린 빵을 노려보더니, 다시 반을 떼 내게 돌려주었다.

세상에. 나는 완전히 감동했다. 그날 밤 잠자리에 들기 전 엄마 앞에서 무턱대고 선언했을 정도로.

"엄마."

"왜?"

"난 이 담에 초코 빵 떼 주는 여자랑 결혼할 거야."

"뭐어?"

정확히는 나한테 초코 빵을 더 많이 양보해 주는 여자랑 결혼하겠다, 이거였지만 애들 어휘력이 다 그렇지 뭐.

엄마가 웃음을 터트렸다. 어지간히 웃겼나 보다.

하긴 뭐, 내가 봐도 웃기긴 하다. 초코 빵 하나에 홀랑 넘어가다니, 어처구니가 없다. 김람우 이 멍청한 자식. 초코 빵에 영혼을 판 금사빠 새끼.

1.

사실 정희완은 나한테 초코 빵을 양보한 게 아니었다.
그냥 자기가 먹기 싫었던 거다. 시간이 한참 흐르고 나서야
알았다. 그 애는 입이 짧았다. 늘 새 모이만큼 먹는다. 겨우
그만큼 먹고도 움직일 수 있다는 게 신기할 정도로.

어쨌거나 알았을 때는 이미 늦어 있었다. 금사빠인
주제에 왜 이렇게 끈질긴지. 한 번 간 마음이 좀처럼
되돌아올 생각을 안 한다. 아, 김람우. 이 답 없는 새끼.

매일매일 같이 있었다. 하루도 빠짐없이 얼굴을 보고
함께 생활했다. 이쯤 되면 질릴 때도 되지 않았나?
아침마다 생각했지만 어쩌겠는가. 눈에 뭐가 씌었는지
이래도 예쁘고, 저래도 예쁜걸.

재미있는 애는 아니었다. 말도 없고 표정도 없고 근데 또
고집은 세고, 까칠한 여자애. 그 작은 머리통 속에 얼마나
많은 생각이 들었는지 쓸데없이 복잡하기까지 하지. 그러니
그만 잊어야 했다. 그게 옳았다.

2.

엄마는 이제 행복해질 때가 됐다. 언제나 나 때문에
고생만 한 우리 엄마. 우연히 맺어진 인연, 함께한 나날들.
갈수록 깊어지는 두 사람의 눈빛을 보고 나는 직감했다.
 아, 옆집 아저씨가 우리 아빠가 되겠구나.
 나쁘지 않았다. 좀 허술한 면이 없잖아 있긴 하지만 누굴
닮아 무뚝뚝한 아저씨는 분명 좋은 사람이었다. 엄마를
행복하게 해 줄 만한.
 그러니까 나는 괜찮았다. 아직……, 아직 그렇게 많이
좋아하지 않았으니까. 지금이라면 충분히 멈출 수 있다. 자,
레드 썬.
 여동생이라고 생각하는 거야. 승질머리가 좀 사납긴
하지만 예쁜 여동생. 여동생, 여동생, 여동생…….
 "야, 정희완."
 "왜."
 "오빠라고 한번 불러 봐라."
 "……약 먹었나?"
 "쫌. 넌 오빠한테 말하는 꼴이 그게 뭐냐. 말 예쁘게 안
할래?"
 "미친놈."
 "야! 어디가! 오빠라고 불러보라니까! 너 모르지!

학년으로 치면 내가 오빠야! 오빠 맞다고!"

할 수 있을 리가.

오빠 소리라도 들으면 포기할 수 있을 줄 알았는데. 쟤가 시킨다고 할 애도 아니고 나도……, 그런 걸로 접을 수 있는 마음이라면 진작 접었겠지.

"야. 우리가 애도 아니고. 두 분 서로 맘에 두신 지 꽤 됐어. 너랑 나, 이해할 만큼 자랄 때까지 미뤄 두신 거지. 그 정도도 이해 못 하냐?"

"웃기지 마! 난 너랑 남매 같은 거 되고 싶은 마음 없어!"

사실은 나도 없어. 하지만.

정희완, 희완아. 어쩔 수 없잖아. 너랑 나, 너무 일찍 혹은 너무 늦게 만나 버렸는걸.

"야, 어디가! 같이 가야지! 그렇게 뛰면 위험해!"

아무래도 장소 선정이 문제였던 것 같다. 딱 하루만 맘껏 놀고 이 답 없는 마음을 정리하려고 했던 건데. 털어놓은 장소가 영 나빴다.

"야! 정희완! 야! 서! 야!"

아, 이런 젠장. 정신없이 뛰는 네 쪽으로 달려오는 차가 보였다. 앞뒤 생각할 겨를도 없이 나는 달려 네 몸을 밀어냈다.

"……나무, 야……."

"……."

"……나무야. 나무야! 김나무!"

나무 아니라고 했잖아. 람우라고, 람우. 너는 언제쯤 돼야 내 이름을 똑바로 발음할래. 바보 정희완. 네가 안 다쳐서 다행이다. 아, 이렇게 죽을 줄 알았으면 그냥 말이나 해 볼걸 그랬다.

야, 그거 아냐? 사실 내가 너 좋아한다. 그것도 엄청.

3.

다시 눈을 뜨고 보니 병원이었다. 나는 생경한 환자복을 걸친 채 침대에 누워 있었고, 또 다른 나는 나를 내려다보고 있었다. 오. 나, 이거 뭔지 알아.

"유체이탈."

소리 내 말했지만 역시 엄마는 반응이 없었다. 엄마의 안색이 영 좋지 않았다. 왜 그래, 김 여사. 킁킁, 이게 무슨 냄새람. 아, 엄마. 아들이 이렇게 돼서 상심한 건 알겠지만 좀 씻고 다녀요. 새아빠 깜짝 놀라서 도망가겠어.

……미안, 엄마. 나는 식물인간이 된 모양이었다. 세상에 다시없을 불효자식이다.

"진짜 미안."

그래도 나는 괜찮아서, 그래서 더 미안했다. 그 애는 살아 있을 거잖아. 그치? 묻고 싶은데 물어도 대답은 들을 수 없겠지.

"어떡하면 좋냐, 우리 엄마."

말해 주고 싶다. 나는 괜찮으니까 너무 슬퍼하지 말라고. 그렇게 넋 놓고 멍하니 있지 말라고. 내가 죽어도 엄마에겐 엄마의 인생이 있다고. 아, 이딴 소리 하면 화내겠지?

근데 엄마. 사실이 그래.

나는 엄마의 등을 감싸 안으려고 했지만 이내 손끝에

아무것도 닿지 않는다는 사실을 깨닫고 조금 좌절했다. 참, 나 지금 유령이지.

"힘을 내요, 김인주 씨. 나는 괜찮아. 엄마도 곧 괜찮아질 거야."

답이 돌아올 수 없는 말이 혼자 허공을 떠돈다.

4.

오후에 찾아온 아저씨, 아니지. 새아빠가 내내 궁금해
하던 답을 알려주었다.
"……희완이는 좀 어때요."
"잠드는 것까지 확인하고 오는 길입니다."
"……나중에, 나중에 다시 올래요? 지금은 아무하고도
얘기하고 싶지 않아요."
다행이다. 너는 잘 있구나. 엄마처럼, 너 역시 멀쩡히 잘
있는 건 몸 하나겠지만 그래도 그게 어딘가. 제발, 두 사람
다 괴로워하지 말아 줘. 말을 전하고 싶은데 방법이 없다.
궁리하다가, 폴터 어쩌고 하는 현상이라도 일으켜 볼까
싶어 노력했는데.
아무래도 나는 훌륭한 귀신이 될 만한 재능은 없는
모양이다.
아무리 용을 써도 링거 하나 움직이지 않았다. 에라이.
드러운 세상.

5.

　다행히 시간이 지날수록 엄마는 조금씩 안정을
되찾아갔다. 한 여자가 엄마를 찾아온 뒤부터였다. 자세한
사정은 잘 모르지만 그 여자가 누군지는 안다. 내 생물학적
친부의 법적 부인되는 사람.

　아주 어릴 때, 희완이를 만나기 전에 얼핏 본 기억이 있다.
그걸 여태 기억하는 건 사고가 나기 얼마 전에 그 사람을
만났었기 때문이다.

　나를 찾아온 그 사람은 누구냐고 묻는 내게, 한 번쯤은
내 얼굴을 마주하고 대화해 보고 싶었다고 답했다. 그 말을
듣고 보니 얼굴이 낯익었다. 살면서 적어도 한 번은 본 적
있을 것이다, 틀림없이. 작정하고 머릿속을 뒤지자 그럭저럭
답이 나왔다. 저만한 미인은 흔치 않다. 눈가에 콕 박힌
눈물점 역시도.

　혹시 제 친모는 아니시죠?

　그랬다면 재밌었겠지만, 유감스럽게도 아니야.

　와. 다행이다. 졸지에 막장 드라마 한 편 찍게 되나 싶어서
쫄았네.

　그녀는 신기하다는 듯이 말했다.

　엄마를 닮았구나.

　당연하죠. 엄마 아들인데.

그게 뭐, 그렇게까지 신기해할 일인가.

그 사람을 전혀 안 닮았어.

내가 그 사람을 모르니 그 말이 칭찬인지 욕인지
구별이 안 됐다. 어쨌든 그녀가 내놓은 본론은 필요하다면
금전적인 지원을 해 주겠다는 거였다. 늦었지만 책임을
다하겠다고.

나는 책임이니 의무니 하는 건 잘 모른다. 내가 결정할
일이 아니라는 것만 분명히 알았다.

그런 문제는 친권자랑 의논하셔야 하지 않을까요.

친권자라. 네 엄마?

저는 미성년자고, 법 쪽은 문외한이니까요.

안 그래도 한번 만나 볼 생각이었어. 오늘은 그냥, 네가
궁금했지. 어떤 아이인지, 어떻게 살아 왔고, 어떻게 살아갈 건지.

음. 재밌게 살았고, 재밌게 살아갈 예정인데요.

시원스럽게 트인 눈매가 한순간 우아하게 접혔다. 이내
맑은 웃음소리가 그 입술에서 흘러나왔다.

역시 재밌구나. 응원할게. 잘 지내렴.

짧은 만남이었다. 퍽 인상 깊기도 했지만. 어쨌든 그
사람이 무슨 마법을 부린 건지 엄마는 멀쩡해졌다. 일단
겉보기만큼은. 과연 돈은 이 세상 최고의 마법사다. 암.

엄마는 다시 일상을 이어가기 시작했다. 일정 시간은 내
곁에서 보내고, 또 일정 시간은 병원을 나선다. 빈 시간은

간병인의 몫이었다.

길고 지루한 시간이 이어졌다. 병원 밖으로 나가보고 싶은데 아직 살아 있어서 그런가. 병실에서 일정 거리 이상 떨어지는 건 불가능했다.

네가 보고 싶다. 이제 너만이 내 걱정이었다.

어떻게 지내. 밥은 먹고 다니냐.

6.

시간이 한참 흘렀다. 나는 여전히 지루함과 싸우고
있었다. 이제 대충 병원 안, 이걸 뭐라고 해야 할지
모르겠지만 아무튼 병원 안 세계는 파악했다. 누군가의
생명이 꺼지는 순간이 다가오면 저승사자가 나타나
그의 이름을 부른다. 세 번. 그때가 되면 병원 안이 온통
혼비백산이었다.

저기 도망가는 귀신, 숨는다고 머리만 숨긴 귀신, 멀뚱히
쳐다보고 앉은 나 같은 생령. 뭐, 대부분은 어지간하면
머리채 잡혀 끌려가기 마련이었다.

어찌어찌 저승사자를 피하는 데 성공해 봐야 그의 숨은
끊어진다. 그럼 남은 혼은 진짜 귀신이 되어 병원 안을
맴돌았다. 그러다 저승사자한테 걸리면 또 끌려간다. 쯧.
그러게 처음부터 얌전히 따라갔으면 오랏줄에 묶여 질질
끌려가진 않았을 텐데. 아, 그보다 말하고 싶다. 그거 인권
침해입니다! 저승엔 인권도 없나! 미란다 원칙도 쏙 빼먹고
말이야!

속내를 들킨 걸까. 저승사자가 가다 말고 힐끗 나를
보았다.

"넌 아직 명이 남았군"

꽤 젊어 보이는 남자였다. 모름지기 한국인의 머릿속에

들어 있는 저승사자의 이미지란 말이야, 검은 갓에 검은 도포를 두르고 얼굴은 도화지처럼 창백하단 말이지. 그러나 남자는 산 사람처럼 생기 있는 얼굴에 정장 차림이었다. 색이 검지도 않았다. 빨간색이었다. 꼭 고추장 같았다. 심지어 넥타이는 노란 별무늬였다. 그 위에 있는 얼굴이 웬만한 연예인 뺨치게 잘생겨서, 그 복장이 크게 위화감 없다는 점까지 더해 총체적으로 정말 놀라운 모습이었다.

역시 패션의 완성은 얼굴인 법. 어쨌든 저 꼴로 사람을 끌고 가고 있으니 영 적응이 안 됐다. 내 상상 속 저승사자 돌려줘.

"흠. 뭐, 됐어. 또 볼 일이 있을 거다. 그때까지 잘 지내라."

저승사자는 잠시 내 얼굴을 요모조모 뜯어보다 휑하니 사라져 버렸다. 아, 그야 당연히 또 보겠지. 죽을 때. 그게 언제가 될지는 잘 모르겠지만.

7.

 그 애는 나와 같은 생령 중 하나였다. 중학생이나 됐을까.
아직 어린 여자애였다. 지금 죽기엔 너무 어리고 창창한,
그래서 더 안타까운.

 그 애의 몸은 뇌사 상태였다. 팔다리가 죄다 부러졌다.
들어보니, 옥상에서 뛰어내렸다고 했다.

 "왜…… 그랬는데?"

 나는 떨떠름하게 물었다. 사실 묻고 싶지 않았지만 그
애 분위기가 좀, 그런 거 있잖은가. 은근히 물어봐 줬으면
하는 것 같았다. 그 맘 이해한다. 나도 말 통하는 사람
있으면 아무나 붙잡고 내 얘기 막 하고 싶거든. 근데 생령은
흔하지 않고 죽은 지 오래된 귀신은 말이 잘 안 통한다.
저승사자는 무지막지하게 바빠서 혼만 데리고 사라지기
일쑤니 대화라고 할 만한 게 이어질 시간도 없고.

 그 애가 서서히 고개를 들었다. 나는 조금 움찔했다. 벌써
귀신이 된 거 아닌가 싶을 만큼 음울한 얼굴이었다.

 "나는요. 투명인간이거든요."

 응. 그래. 지금은 우리 둘 다 투명인간이야. 아무한테도 안
보이지. 물론 그 애가 하는 말은 그런 뜻이 아니었다.

 "왕따요. 흔한 이야기죠. 괴롭힘은 안 당했어요. 그렇게
불쌍하게 쳐다보지 마요."

"어, 음……. 미안."

"왕따 소리만 나오면 꼭 그렇게들 쳐다보더라. 도와줄
것도 아니면서."

아니, 이미 죽었, 아니 아니 귀신 비슷한 상태라 도와주고
싶어도 방법이 없습니다만.

"그 말 알아요? 악플보다 무서운 건 무플이다."

"어. 알지."

나도 왕년에 인터넷 좀 했어.

"내가 그랬어요. 아무도 나를 산 사람 취급하지
않았거든요."

"어…… 그랬구나……, 잠깐. 그게 괴롭힘 아니야?"

"때리고 발로 찬 건 아니잖아요."

왠지 말하는 뉘앙스가 그것도 당해 본 것 같다. 희완이가
떠올랐다. 걔도 왕따…… 같은 거였지. 저 혼자 나머지를 다
따돌린다고 하는 게 맞는 거 아닌가 싶을 때도 있었지만.
나는 그 애한테 도움이 됐던가. 자기 일에 간섭하는 걸
끔찍하게 싫어하는 애라, 그저 곁에 붙어 있는 거 말고는 할
수 있는 일이 없었다.

김람우, 이 비겁한 새끼. 핑계하고는. 새삼 나의 무력함을
실감한다.

"꼭 때려야만 폭력인 건 아니잖아."

"……맞아요. 그게 더 무서워요.

하루는요. 사생대회 가던 날에요. 알람이 고장 나서 지각했는데 도착하고 보니까 아무도 없는 거예요. 폰 봐도 아무 연락도 없고. 먼저 연락하기는 좀, 그렇고. 어쩌겠어요. 그냥 집에 왔다가 다음 날 학교에 갔는데, 아무 일도 일어나지 않았어요."

자살을 기도한 중학생 생령이 말했다. 결석 처리조차 되지 않았다고. 부모님에게도 자신에게도 연락이 오지 않았다고 했다. 담임조차 이 애에겐 아무런 관심이 없었던 것이다. 있어도 없어도 아무도 모르는 애. 살아 있어도 유령이었다.

지친 아이는 익명 게시판에 자신의 사연과 심정을 털어놓았다. 누군가 알아주길 바라면서. 돌아온 것은 그저 날카롭고, 또 날카로운 말들이었다.

'너한테 문제 있는 거 아니야?' '왕따 당하는 애들 알고 보면 자기 잘못인 경우 많더라.' '괴롭힘당하는 것도 아니네. 뭐가 문제야?' '너 사교성 좀 키워야겠다.' '먼저 다가가면 되잖아.' 개중엔 물론 따뜻한 말도 있었다. 그러나 사람이란 따뜻한 말 열 마디보다 비난 한마디가 더 크게 다가오기 마련이다.

상처만 들쑤시는 꼴이 되었다. 혹시 정말로 자기 잘못인 것은 아닐까, 아이는 겁을 집어먹었다. 간신히 없는 용기를 끌어모아 다른 아이들에게 더듬더듬 인사해 보았다. 시선

하나 돌아오지 않았다.

수업 중 자신의 번호가 불리면, 반 아이들이 일제히 입을
모아 그 번호 없는 번혼데요 하는 게 일상이었다고 했다.
그런 애가 그만큼 용기를 냈다면 그건 보통 큰 결심이
아니었을 것이다. 그런데 보답은 없었다.

바라지 않은 절망만이 그 애의 친구가 되기를 자처했다.
집은 달랐을까. 그 애는 도리도리 고개를 저었다. 부모는
더했다. 평소엔 일이 바빠서, 휴일엔 약속이 있어서, 집에선
쉬는 것만도 힘들어서, 갖가지 핑계로 부모는 나란히 애를
방치했다. 그나마 언니가 함께 있을 때는 나았다고 했다.
무관심한 부모 대신 언니가 동생을 키웠다. 그러나 그
언니마저 먼저 성인이 되어 집을 나가 버렸다.

중환자실에 누워 있는 그 애 곁엔 아무도 찾아오지
않았다. 쓸쓸했다.

"내 장례식엔 누가 오기나 할까요?"

그 애가 물었다. 나는 마땅한 말을 찾지 못해 그저
침묵했다. 이 망할 몸뚱이. 움직여라. 움직여서 이 아이
가족이라도 멱살 잡아 병실로 끌고 올 수 있다면 좋겠다.
나와 달리 뇌사 판정을 받은 아이는 언제 심장이 멈출지
모른다. 그 전에 얼굴은 봐야 할 것 아닌가, 가족인데.

"언니한테 연락을 취할 방법은 없어?"

도리도리. 또 고개를 젓는다.

"연락처 몰라요. 집도 싫고 저도 싫고 다 싫댔어요. 자유롭게 살고 싶대요. 자유가 뭔데요? 날 버리면 자유로워져요?"

"그럴 리가 없잖아. 너희 언니 바보네."

분명 네가 눈에 엄청 밟힐걸. 자유는 무슨. 막 비웃었더니 웬걸. 얘가 화를 낸다.

"우리 언니 욕하지 마요."

그래도 자기 언니라고 챙기기는. 쳇. 마음이 썼다. 우리는 수액이 똑똑 떨어지는 모습을 지켜보며 한동안 그 앞에 쭈그리고 앉아 있었다. 자살을 시도한 중학생이 누워 있는 침대, 그 앞에.

"야. 너 이름이 뭐야."

"……민혜성요."

"이름 예쁘네."

"오빠 이름은 뭔데요."

"나? 김람우."

"나무? 이름 진짜 이상해."

야. 나무 아니야. 람우야.

8.

늦은 오후, 혜성이 언니가 왔다. 혜성이가 병원에 실려 온
지 3일 만의 일이었다. 울음소리가 병실 안을 가득 메웠다.
우리는 또 그 앞에 쭈그리고 앉았다.

"언니가 울어요."

나도 알아.

이제 스무 살이나 됐을까. 앳된 얼굴이었다. 그 앳된
얼굴이 처참하게 일그러져 통곡을 쏟아 내는데 그 모습이
어찌나 참담한지. 더 보고 있기가 힘들었다. 그래도 나는
자리를 지켰다. 안 지 얼마 되진 않았지만 민혜성의 친구
1호로서. 의리가 있지, 어떻게 도망가.

"울지 말지……."

"그러게 말이다."

"마음이 아파요."

"나도."

혜성이 눈에도 눈물이 맺혔다.

"이씨……."

입술을 잘근잘근 씹던 혜성이가 결국 왈칵 울음을
터트렸다. 나는 가만히 그 등을 토닥여 주었다.

"마음이 아플 땐 우는 게 나아."

"우씨……. 이씨……."

"입술 그만 깨물고. 흉 진다."

생령도 흉이 질 수 있다면 말이다.

다행히 혜성이는 곧 울음을 그쳤다. 그렇다고 감정이 다 가라앉은 건 아닌지 우울한 눈으로 언니를 바라보았다. 언니가 와 줘서 기쁜 것보다, 언니가 온몸을 뒤틀며 슬퍼하는 모습에 더 마음이 쓰이는 모양이었다.

"나는 언제 죽을까요."

뇌사는 사실상 사망 판정과도 같다. 호흡기를 떼는 순간 숨이 끊어질 것이다. 그러면 저승사자가 찾아올 테지. 꼭 그러지 않더라도 뇌가 기능을 멈춘 이상 언젠가는 숨이 끊어진다.

"살아날지도…… 몰라."

이게 얼마나 멍청한 소리인지는 나도 알고 있었다. 이건 그냥 바람이지. 내 멍청한 바람. 김람우 이 바보 새끼. 이딴 걸 위로라고 하고 앉았어.

혜성이가 그게 무슨 개풀 뜯어먹는 소리냐는 표정으로 나를 보았다. 그래도 싸지. 나는 할 말이 없었다.

"저, 보호자분. 잠시만요. 잠시만 제 이야기 좀 들어주세요."

"당신 미쳤어? 제정신이야? 어디서 그딴 개소리를 해! 이 미친 새끼가!"

웬 의사가 하나 찾아와 머리를 조아린 것은 그때였다.

누구든 와서 혜성이 언니를 진정시켜야 하지 않을까 싶었던 그때. 진정을 시키기는커녕 길길이 날뛰게 만들었지만 말이다.

의사가 두 손에 꽉 쥔 것은 장기 기증 동의서였다. 아, 나 이거 뭔지 알아. 드라마에서 봤어. 다른 환자의 생명을 살리기 위해 뇌사자의 장기이식을 간절히 부탁하는 의사. 메디컬 물에서 간혹 볼 수 있는 장면이다. 그걸 이렇게 실시간으로 보게 될 줄은 몰랐다.

크고 둥근 눈매가 무척 선해 보이는 인상의 의사였다. 지금 저러는 의도 역시 분명 선량한 것이리라. 아직 살 가망이 있는 누군가를 살리겠다는.

그러나 그 선함은 어쩜 이렇게 잔인한지. 결국 혜성이 언니가 혼절하고 말았다.

9.

혜성이 언니는 내내 동생의 침대 맡을 지켰다. 도중에 몇 번 누군가와 전화 통화를 하기도 했지만, 금세 흐느끼며 끊어 버렸다. 그 애는 폰을 바닥에 내던지고 다시 침대에 엎드려 울었다. 통화 상대가 누구인지 그 일그러진 표정만 봐도 알 것 같았다.

그 증거로 혜성이 부모는 단 한 번도 찾아오지 않았다. 간호사들이 수군거리는 걸 듣자니 알아서 처리하고 연락하지 말랬다나. 때로 사람은 사람에게 이렇게 비정하고 잔혹하다.

그 애가 우는 모습을 계속 보고 있자니 나까지 울고 싶어졌다. 예의 의사는 틈만 나면 동의서를 들고 찾아왔고, 혜성이 언니는 그때마다 발작적으로 소리를 질렀다. 기어이 의사는 이 병실에서 끌려 나갔다. 저러고도 포기하지 않는 걸 보면, 어지간히 사명감이 투철한 사람이다.

그나저나, 얜 어딜 갔담. 자기 언니 옆에 꼭 붙어 있던 애가 오전부터 통 보이질 않는다. 얘도 생령이라 어차피 멀리 가진 못했을 텐데. 숨바꼭질인가. 어디냐, 민혜성.

나는 혜성이 언니 곁을 떠나 병원 안을 헤맸다. 헤매고 헤매다 드디어 꼬리를 잡고 보니 혜성이가 있는 곳은 어느 병실 안이었다. 혜성이 또래의 여자아이가 침대에 앉아 진지한 품으로 책을 들여다보고 있는. 자세히 보니 중학교 수학 교과서였다. 그 옆에도 다른 과목 교과서가 줄줄이 쌓여 작은 탑을 이뤘다.

혜성이는 그 침대 아래 앉아 물끄러미 그 애를 올려다보고 있었다.

"심장 이식 대기자래요."

"……그 의사가 말한?"

"내가 장기 기증을 하면요. 심장은 얘 주고, 각막은 저기 저쪽 병실에 오빠 주고. 그렇게 흩어진대요. 여기저기."

무슨 답을 해야 할지 모르겠다. 위로? 위로……. 근데 무슨 말을 어떻게 해야 위로가 될까. 기만이 아닌, 위로가.

"쟤요, 빨리 심장 이식 못 받으면 언제 죽을지 모른대요. 근데도 저렇게 계속 공부하고 있어요."

"……대단한 애네."

"꿈이 검사라나 뭐라나요. 성적도 좋대요. 전교 1등이라고, 여기 쌤들이 자기들끼리 막 얘기하고 그래요."

검사가 꿈인 여자애는 교과서를 접고 문제집을 펼쳐 들었다. 전교 1등이라더니, 책장이 순식간에 넘어간다. 그 애는 해답지를 펴 스스로 채점을 했다. 동그라미, 동그라미, 또 동그라미. 죄다 동그라미다. 틀린 게 하나도 없다. 무슨 과목 문제집을 펴든 모조리 만점이었다.

또다시 동그라미를 그리다 말고, 문득 그 애 눈에서

눈물이 툭 떨어졌다. 빨간 동그라미들 위로 점점이 눈물 자국이 이어진다. 혜성이가 무슨 생각을 하는지 알 수 없는 눈빛으로 그 애가 흘리는 눈물을 따라 시선을 옮겼다.

"나는 꿈같은 거 없는데."

혜성이가 툭 던지듯 말을 꺼냈다. 생령은 통증을 느낄 리가 없는데도 온몸이 찌르르 아팠다. 슬펐다.

"아침부터 쭉 여기서 봤는데요. 쟤는 엄마가 과일도 깎아 주고, 아빠가 책도 사다 주고요. 친구도 엄청 많아요. 담임 쌤도 병문안 오고. 저기 봐요. 음료수 짱 많아."

혜성이가 가리킨 곳에는 그 애 말대로 냉장고에 미처 다 들어가지 못한 병문안용 음료 박스가 쌓여 있었다.

"저거 내가 좋아하는 건데. 포도 맛."

"······사 줄게. 내가 일어나면 양껏 사 줄게. 너 다 먹어라. 냉장고째로 사 줄까?"

혜성이가 깔깔 웃었다. 그 애를 안 뒤로 처음 듣는 웃음소리다. 언제나 우울한 얼굴로 입술만 살짝 삐죽였는데. 그게 웃는 거였는데.

"그렇게 많이 먹으면 질려요."

"종류별로 채워 주면 되지."

"그럼 포도랑 오렌지랑 사과. 알로에는 싫어."

"오케이. 쫌만 기다려라. 내가 금방 일어나서 냉장고 뜯어 온다."

그러나 그런 일은 불가능하다는 걸, 우린 이미 알고
있었다. 할 수만 있다면 나는 정말 편의점 냉장고라도 떼다
주고 싶은 심정이었지만. 6년째 자리보전 중인 내가 일어날
가능성은 너무나 희박하고, 뇌사 판정을 받은 너 역시
일어나 주스를 먹을 수 있게 될 확률은 제로나 마찬가지다.

"쟤요. 살고 싶겠죠?"

"……그렇겠지?"

"쟤가 살아나면요. 나도 살아난 게 될까요?"

나는 주먹을 꾹 쥐었다.

"그렇게 봐도 되지 않을까. 심장은 네 거니까."

기다렸다는 듯이, 그거야말로 자신이 원했던 대답이라고
말해 주는 것처럼. 혜성이가 맑게 웃었다.

"쟤가 내 장례식에 와 주면 좋겠다."

그것이 혜성이가 내린 결론이었다. 나는 소매로 얼굴을
마구 닦았다. 참으려고 했는데 눈이 자꾸만 일렁거려서,
도저히 그냥 있을 수가 없었다.

10.

혜성이 언니를 설득하는 작업은 쉽지 않았다. 그 애는
장기이식의 장자도 듣고 싶지 않아 했다. 그 애의 몸부림
저변에 깔린 감정이 뭔지 알 것 같다. 죄책감. 자기가
버려두고 떠난 사이 동생이 몸을 던졌다. 그 사실만도 견딜
수 없을 텐데 동생의 몸을 해체해 여기저기 나눠 주자는
소리를 듣고 있으니, 그 말을 하는 사람들이 죄다 괴물로
보이는 것이다.

"언니한테 말을 전할 방법이 없을까요?"

혜성이가 진지하게 물었다. 나는 고개를 저었다. 6년간
이것저것 시도해 봤지만 죄다 실패했다. 우리는 유령이었다.
이 몸으로 산 사람에게 영향을 끼칠 방법은 없다. 보통의
경우라면.

"우리 언니 어떡하지……."

그러게. 나도 걱정이었다. 이대로 혜성이가 죽고 나면 저
애가 버텨 낼 수 있을까. 같이 슬픔을 나눠줄 사람 하나
없는데.

"……잘 될지 모르겠는데."

"뭐가요?"

"한번 해 볼래?"

지난 시간, 집요하다 싶을 만큼 이 세계를 관찰하며

남몰래 세워 둔 계획이 하나 있었다. 내가 쓰려고 했던 거지만 너한테 양보하는 게 맞는 거겠지. 혜성아. 내가 말이야, 보고 싶은 사람이 있거든. 보러 갈 방법이 없을까 고민하다 생각했는데.

저승사자는 어디든 갈 수 있잖아? 물론 저승사자 역시 산 사람 눈에는 보이지 않는다. 그러나 보다 보니 알게 되더라. 걔들도 편법이 있다는 걸. 나는 병원 편의점에서 초코 우유를 사 쪽쪽 빨아먹다 내게 들킨 빨간 정장 차림의 저승사자를 떠올렸다.

마침, 옆 병실에 죽음이 임박한 할아버지가 있었다. 오늘내일할 단계를 지나 일분일초를 다투고 있는.

"그런 짓 함부로 해도 돼요?"

혜성이가 눈을 동그랗게 뜨고 물었다. 나는 힘차게 고개를 끄덕였다.

"돼."

그러게, 근무 중 땡땡이는 함부로 하는 거 아니다.

11.

"나는 네가 지난달 27일 새벽 3시경에 한 일을 알고 있다."

나름대로 엄숙하게 한 선언이었는데, 빨간 옷의 저승사자는 놀라기는커녕 이놈 봐라? 하는 표정으로 입가를 밀어 올렸다. 한마디로 비웃었다.

"너 돌았냐?"

"아니, 다짜고짜 폭언이시네. 접때 나한테 걸린 그거 하면 안 되는 짓인 거 맞잖아요!"

"그래서?"

그가 코웃음을 쳤다. 그래서 어쩌라고, 뭐, 이런 뜻인 것 같다.

"순순히 내 부탁을 들어주지 않으면 소문내 버리겠다, 뭐 그런 겁니다."

"누구한테? 어디에?"

끄응. 나는 머리를 긁적거렸다. 그땐 꽤 당황하기에 한 건 잡은 줄 알았는데 왜 이렇게 당당하지.

"……귀신들한테?"

"해."

다른 저승사자들한테 고자질하는 게 가장 좋은 방법이겠지만, 이 병원은 저 저승사자의 구역이라는 것

같았다. 다른 저승사자를 본 적이 없는 건 아니지만 아주
가끔이다. 즉, 기약이 없다.

"그러지 말고 한 번만 도와주십쇼, 형님."

"누가 네 형님이냐."

"도와주세요! 잘생긴 오빠!"

내 뒤에 줄곧 숨어 있던 혜성이가 불쑥 고개를
내민 것은 그때였다. 그 애가 간절히 두 손을 맞잡고
저승사자를 올려다보았다. 쯧, 저승사자가 짧게 혀를 차더니
짜증스럽다는 듯 미간을 찌푸렸다.

"수명 다 돼 가는 생령 하나랑 징하게 오래 묵은 생령
하나. 둘이 뭐하냐? 소꿉놀이?"

"도와주세요. 이렇게 부탁드립니다."

"제발요."

"뭘 도와 달라는 거냐. 너희가 이 세상에서 할 수 있는
일은 이제 아무것도 없어."

"이 아이 언니를 설득하고 싶습니다. 말을 전하게 해 주고
싶어요. 저대로 두면……, 못 견딥니다."

"걔 아직 명 많이 남았어. 창창하게 살 거야."

"숨만 붙어 있다고 살아 있는 건 아니잖습니까."

"내가 알 바 아니잖아. 저승사자가 너희 편의 봐주려고
존재하는 줄 아냐? 바빠. 이용구 사망 시간 다 돼 간다."

"안 돼요!"

혜성이가 득달같이 달려 나가 저승사자의 바짓가랑이를
붙잡고 매달렸다. 질 수 없지. 나도 얼른 반대쪽 다리에
매달렸다.

그가 떨떠름하게 말했다.

"……안 떨어질래?"

"한 번만요, 한 번만 언니랑 얘기하게 해 주세요. 길게 안
할게요. 네? 갈 때도 얌전히 따라갈게요. 지금이라도 가자면
갈게요."

"저도 할 수 있는 일은 뭐든 하겠습니다. 그러니까 사정
좀 봐주세요."

"이것들이 진짜……."

저승사자가 혀를 끌끌 찼다. 다음 순간 그의 모습이
지우개로 지우기라도 한 것처럼 깨끗하게 사라졌다. 우리는
바닥을 나뒹굴었다. 아프지는 않지만 화가 난다. 이 피도
눈물도 없는 새끼! 애가 이렇게 애원을 하는데 좀 들어주면
어때서! 나는 혜성이를 잡아 일으켰다.

"야, 너."

잉? 어느 틈에 다시 나타난 건지 저승사자가 코앞에
있었다. 그가 정확하게 나를 가리켰다.

"뭐든 하겠다고 했지."

"……예."

저승사자가 품 안에서 작은 수첩 같은 걸 꺼내 던졌다.

얼떨결에 받고 보니 표지도 속지도 새까만 수첩이다. 드디어
저승사자다운 아이템 등장이었다.

"그거 들고 가서 이용구 이름 세 번 불러."

"예?"

"설명은 나중에 한다. 쟤도 수명 얼마 안 남았어. 시간
없다."

어, 설마! 저승사자가 혜성이한테 손가락을 까딱거렸다.
자기한테 오란 의미 같았다. 혜성이가 잠시 나를 보았다.
나는 손바닥을 내밀었다. 머뭇거리다, 혜성이가 자기
손바닥을 부딪쳐왔다.

"민혜성 파이팅! 잘할 수 있을 거야."

"……갔다 올게요."

"빨리빨리 안 오냐?"

"지금 가요!"

혜성이가 서둘러 저승사자한테로 뛰어갔다. 그 애를
데리고 사라지려던 저승사자가, 마지막으로 나를 향해
손날로 목을 긋는 시늉을 했다.

"그거 들고 튀면 뒤진다."

……아, 예…….

12.

CPR 소리가 요란한 가운데, 나는 이용구 할아버지의 이름을 세 번 불렀다. 이용구, 이용구, 이용구. 곧 할아버지가 내 곁에 섰다.

"자네 뭐하나? 일일 알바?"

잠시 주위를 휘휘 둘러보다, 나와 눈이 마주치자마자 대뜸 꺼내시는 첫마디가 그랬다. 우리는 아는 사이였다. 의식불명에 빠질 때마다 할아버지도 생령 상태로 병원을 돌아다녔거든. 내가 종종 말동무를 해 드렸다.

"뭐, 그 비슷한 거요."

"그 빨간 옷 입은 젊은이는 어디 가고?"

"과연 젊은이일까요."

그래도 명색이 저승사잔데.

"낯짝은 젊은이 아니냐."

그건 그렇습니다만.

"잠깐만 기다리시면 곧 온대요."

"내가 도망가면 어쩌려고?"

"어허. 그러시면 안 됩니다, 어르신."

어차피 이름을 세 번 불리는 순간 그 사람의 혼은 저승사자에게 귀속된다. 한마디로 도망갈 수 없다는 소리다. 그리고 나는 알고 있었다. 할아버지는 딱히 삶에 미련이 없었다. 인생 푸지게 잘살았는데 뭐 하러 하루라도 더 살아보겠다고 징징대나, 그게 할아버지의 입버릇이었다.

"에잉. 늙은이를 기다리게 하고 말이야. 요즘 것들은 버릇이 없어."

아니, 그쪽이 더 늙은이일 수도 있지 말입니다.

"좋은 일 하러 갔거든요. 그러니까 조금만 이해해주세요."

쯧. 할아버지가 불만스럽다는 듯 혀를 찼다. 그러더니 숨이 끊긴 당신 몸 주위로 오열하는 가족들을 빙 둘러본다. 할머니, 큰아들, 큰며느리, 작은아들, 작은며느리.

"살 만큼 산 노인네 가는 길에 곡소리가 왜 이렇게 많아."

"죽은 사람이 그런 걸로 감 놔라 배 놔라 하는 거 아닙니다. 어떻게 보낼지는 산 사람이 결정할 몫이죠."

"에라, 이 건방진 놈이!"

아씨. 한 대 맞았다. 뭐, 그래 봐야 아프지도 않지만.

"누가 그걸 몰라서 하는 소리냐, 이놈아. 듣기 싫으니 그러지. 아, 얼른 오라고 해라. 갈 길이 구만린데 뭘 이렇게 뜸을 들여."

아, 거 가족들 우는 거 마음 아프시면 그렇다고 그냥 말씀하시지. 솔직하지 못한 노인은 가족들을 외면한 채 등짐을 지고선 저승사자를 기다렸다. 그리 오래 지나지 않아 저승사자가 돌아왔다. 혜성이를 데리고.

혜성이 얼굴이 붉게 상기되어 있었다.

"잘했어?"

"다 잘 될 거예요."

확신 어린 목소리였다. 다행이다. 머리를 쓰다듬자,
혜성이가 조그맣게 말했다.

"고마워요."

그런 우리의 모습을 한 번 돌아보더니, 할아버지가 피식
웃고는 저승사자를 재촉했다.

"아, 왜 이렇게 꾸물대나. 얼른 앞장서."

"이 노친네가 저승 문이 무슨 선착순인 줄 아나. 보채지
마."

"뭐야? 요즘 젊은것들은 말이야, 어른을 공경할 줄 몰라!
어디서 꼬박꼬박 말대꾸야!"

"내가 할 말이다, 내가."

둘은 마지막까지 투닥거리며 멀리 사라져 갔다. 나는
혜성이와 함께 중환자실로 돌아왔다. 혜성이가 누워 있고,
혜성이 언니가 있는.

혜성이 언니는 넋이 나간 듯 멍한 얼굴이었다. 천천히
일어서더니, 미동도 않는 혜성이 이마를 쓰다듬는다.

"……혜성아."

"응, 언니."

혜성이가 그 앞으로 다가가 부르는 말에 대답했다. 물론

그 대답이 언니의 귀에 닿는 일은 없었다. 그런데도 혜성이 언니, 혜원이는 부름을 반복했다.

"혜성아."

"응, 나 여기 있어."

투둑, 눈물이 말라붙은 자국 위로 또 눈물이 떨어진다.

"미안해."

"괜찮아."

다행스럽게도, 그 눈물은 더 이상 짐승의 울부짖음처럼 고통스러운 몸부림이 아니었다. 여전히 슬프지만, 그래도 조금은 평온해져 있었다.

13.

그날 저녁, 혜성이 언니가 장기 기증 동의서에 서명했다.

다음 날, 혜성이가 저승사자의 손을 잡고 내 곁을 떠났다.

마지막 인사는 별것 없었다. 그냥 우리는 서로가 보이지

않게 될 때까지 열심히 손을 흔들었다. 그저 다행이라고

생각했다. 네가 좋아 보여서.

장래희망이 검사인 여자애, 윤주의 수술은 성공리에

끝났다. 혜성이 몸의 나머지 장기들은 각자 또 필요한

사람에게로 보내졌다. 나는 윤주가 마취에서 깨어나는

장면을, 윤주의 가족들이 기쁨의 눈물을 흘려 내는 모습을

줄곧 곁에서 지켜보았다. 누구에게 하는지도 모르는 기도를

했다. 저 애가 꼭 자신의 꿈대로 훌륭한 검사가 되었으면

좋겠다. 혜성이 이름을 잊지 않았으면 좋겠다.

윤주의 가족들이 아직 움직일 수 없는 윤주 대신

혜성이의 장례식에 참석해 주었다. 그들은 혜성이 언니의

손을 꼭 붙잡고 연신 감사와 위로를 전했다. 일련의

모습들을 지켜보다가, 나는 검은 상복을 입은 혜성이 언니

뒤에 자리 잡고 앉았다. 보이지 않는 사람이지만 그래도

곁에 있어 주고 싶어서.

마지막 날에, 윤주가 휠체어를 타고 친구들과 함께

장례식장을 찾았다. 혜성이가 이 광경을 볼 수 있으면 좋을

텐데.

"뭐든 한다고 했던 거, 안 까먹었겠지."

저승사자가 소리 없이 나타나 내 곁에 섰다. 대가를 치를 시간이었다.

14.

"너, 저승사자가 돼라."

……뭐?

나는 천천히 눈을 깜빡이며 귀를 후볐다. 아무래도 헛것이 들리는 것 같다.

"저승사자가 되라고."

"그런 거 지원한 적 없는데요."

"뭐든 한다며. 이제 와서 밑장빼기냐?"

"아니, 그런 건 아닌데……. 혹시 인력 부족하세요?"

"그래."

저승사자가 의외로 순순히 시인했다. 하긴, 지난 6년간 지켜본 바에 의하면 이 저승사자는 무시무시하게 바빴다. 병원 안만 돌아다녀도 그렇게 바쁜데, 그의 구역은 제법 넓다. 병원 안에서만 사람이 죽는 건 아니니까.

"아무나 할 수 있는 일 아니야, 이거. 자격요건 갖춘 놈 찾기는 힘들고 찾아도 안 한다고 내빼기 일쑤지. 박봉에 야근 풀이거든."

월급도 준다니. 그건 좀 놀랐다.

"너한테도 나쁜 일은 아니야. 오히려 나한테 감사하게 될걸."

아니, 뭐. 혜성이를 도와준 건 이미 감사하게 생각하고 있었다.

"네가 목숨 바쳐 구한 그 여자, 곧 죽을 예정이거든."

순간, 심장이 삐걱대며 멈췄다. 저승사자가 매끄럽게 웃었다.

"네가 저승사자가 되면 살릴 수 있어, 그 여자."

정희완. 너한테 무슨 일이 벌어지고 있는 걸까.

"어때. 이래도 안 할래?"

"하겠습니다."

거절할 수 있을 리가 없었다.

15.

저승사자, 아니 이제 나의 상사가 된 남자가 명부를
건네주었다. 예의 그 까만 수첩. 표지엔 내 이름이 새겨졌다.
열자 선명하게 그리운 이름이 보였다.

정희완.

사람의 수명은 모두 세 번에 걸쳐 기록된다. 평생 죽음의
위기가 세 번 찾아오는 것이다. 한 번을 피해내더라도 또
다음이 있다. 정희완은 그날 죽을 운명이었다. 그게 그 이름
아래 적힌 두 번째 죽음이었다. 그리고 곧 세 번째 죽음이
닥쳐온다.

"가끔 너 같은 놈들이 있지. 넌 그 여자랑 얽히지만
않았으면 벽에 똥칠할 때까지 살았을 팔자야."

그 말대로 나의 죽음은 셋 다 까마득한 미래에 적혀
있었다. 여기 적힌 대로라면 앞으로 80년은 더 식물인간
상태로 있어야 하는 건가. 무서운 일이다.

"네 명과 그 여자 명을 바꾸는 거다. 방법은 간단해."

딱 세 번, 이름을 부르기만 하면 끝난다.

"성공하면 내가 죽겠네요."

"그래. 어차피 저승사자가 되면 남은 명은 명부에
반납하게 돼 있어. 이러든 저러든 죽는 거지. 그럴 바엔
자기가 살리고 싶은 사람한테 주는 거고. 보통 그렇게 해."

그렇기 때문에 저승사자는 아직 명이 남아 있는 사람만 될 수 있었다. 나처럼 아주 길고 긴 수명을 타고 태어난 사람. 그러니 자격요건이 되는 자가 드물고, 할당량을 다 채운 뒤엔 퇴직하는 자가 많아 항상 인력이 부족하다고.

궁금증이 생겼다.

"당신은 누구한테 줬는데요?"

"질문을 허락한 기억이 없는데, 신입."

"같은 처지잖습니까. 선배의 고견을 듣고 싶습니다."

"⋯⋯뭐, 대답 못 할 것도 없다만."

아, 그래서 누구냐고.

"여자."

어떤 여자인지는 끝까지 말하지 않았지만 대충 알 것 같았다. 나는 그와 헤어져 내 병실로 향했다. 불효자식이지만 마지막 인사는 하는 게 자식 된 도리 아니겠는가.

엄마가 물수건으로 내 얼굴을 닦아 주고 있었다.

"람우야."

"옙."

"내일, 희완이를 만나러 갈까."

당신의 얼굴에 평온한 웃음이 머물러 있었다. 나는 당신을 따라 웃었다. 우리 김 여사. 김인주 씨. 나의 엄마. 당신이 희완이를 얼마나 좋아하는지 나는 안다. 솔직히 말해 봐요, 김 여사. 나보다 정희완이 더 좋지?

"응원해 줘."

닿을 리 없는 팔을 뻗어 당신의 등에 기댄다.

"다 잘 될 거야."

그렇게 말해 주고 싶었다. 이 마음이 가 닿기를. 당신이 아주 오랫동안 행복하기를.

16.

"정희완."

하얀 얼굴 가운데 별처럼 콕콕 박힌 검은 눈이 나를 향했다. 네 눈에 경악과 혼란이 깃들었다. 놀랄 만도 하겠지. 너는 내가 죽은 줄 알고 살았으니까. 아니, 지금 네 모습을 보면 살았다고 말하는 게 맞는 표현일까.

야윈 얼굴만 봐도 알겠다. 네가 죽지 못해 살았다는 걸. 바보 같은 정희완. 많이…… 울었을까.

"……김나무……?"

나무 아니라니까. 람우라니까. 넌 도대체 언제쯤 돼야 내 이름을 똑바로 발음할래. 웃음이 비집고 나오려 했다. 이런 부분은 하나도 변하지 않았다.

"너, 여전히 발음이 엉망이네. 내 이름 그거 아니라고 했잖아."

머리가 꽤 길었다. 키도 조금 컸을까. 가까이 가 보았다. 안 컸나 보다. 네 머리가 예전보다 확연히 낮아져 있었다. 아니, 네가 안 큰 게 아니라 내가 자란 거겠지. 이것도 저승사자 보너스인가.

"두 번이야."

어찌어찌 한 번은 채웠다. 고집 센 네 입에서 두 번이나 내 이름을 토해 내게 할 수 있으려나. 어려운 일이 될 것 같단 생각이 든다.

"뭐……?"

"앞으로 두 번. 두 번만 더 불러. 그럼 고통 없이 편안하게 죽을 수 있어."

거짓말해서 미안. 근데 이렇게라도 하지 않으면 네가 또 내가 원하지 않는 고집을 부릴 것 같았거든.

"불러. 내 이름."

17.

솔직히 말해 좀 즐거웠다. 너나 나나 완전히 살아 있는 상태라고 하기엔 무리가 있었지만 그래도 산 사람처럼 거리를 활보하는 게. 오랜만에 라면도 먹고 마트 구경도 하고 신제품도 보고 시식도 해 보고 벚꽃 떨어지는 거리도 너랑 걷고.

그나저나 넌 어쩌다 이렇게 술고래가 된 거냐. 한 잔만 마셔도 픽 쓰러질 것 같은 안색을 해서는 잘도 마신다.

"넌 왜 없냐."

"……뭐가."

"하고 싶은 일. 있으면 말해. 얼마 안 남았잖아, 같이 해 줄게."

"술, 왜 안 마셔?"

이것 봐라, 정희완. 언제 말 돌리는 법을 다 배웠대. 고집스럽긴. 왜 하고 싶은 일이 없냐, 넌. 왜 물어보지도 않냐. 죽은 줄 알았던 내가 느닷없이 나타났는데 궁금하지도 않아?

"나중에. 일 끝나면 그때 실컷 마셔야지. 지금은 근무 중이잖아?"

난 아직 술을 입에 대 본 적이 없다. 괜히 마셨다가 취하기라도 하면 무슨 헛소리를 늘어놓을지 모르는데 그럴 수야 있나.

"왜 의심 안 하냐?"

"뭘."

"이상하잖아."

"……."

"이런 거 있을 리가 없잖아. 안 그래?"

너는 하라는 대답은 않고 맥주만 벌컥벌컥 들이켰다. 슬슬 걱정이 됐다. 쟤 취하면 어쩌지. 떨어져 있던 시간이 너무 길어서, 나는 네 주사가 어떤지 전혀 모르는데.

"넌 원래 이상해."

그러고는 내놓는 대답이 아주 걸작이었다. 그래. 너한테 난 원래 이상한 놈이지.

벚꽃 잎이 하늘하늘 네 머리 위로 떨어졌다. 그새 취기가 도는지, 네 얼굴이 조금 붉었다. 아아. 망했다. 시간이 이렇게 많이 지났는데.

여전히 너는 내 눈에 예뻤다.

"정희완."

"왜."

"고집 세고 까다롭고 복잡하고 생각 많은 정희완."

네가 어째서 고집스럽게 내 이름을 부르는 걸 거부하는지 알고 있다. 어떻게 모를까. 너랑 붙어 산 세월이 얼만데.

"나는."

말하고 싶다. 그런 충동이 들었다.

"너를."

좋아한다. 그러나 말은 입안에서 맴돌다 흩어졌다. 어떻게
그러겠어. 너는 앞으로도 살아가야 하고 나는 죽을 텐데.

18.

너와 함께하고 싶었던 일들을 모두 다 하기엔 그
일주일이 너무나 짧았다.

19.

여행에서 돌아오는 길, 겨우 잠들었던 네가 눈물을
흘리며 깨어났다.

"울지 마."

이대로는 안 된다. 이대로 수명을 넘겨줘 봤자 너는 살 수
없을 것이다.

"다 꿈이야."

살아 있기에 마지못해 사는 삶. 그걸 어떻게 살아 있는
거라고 말할 수 있겠어.

"놀이공원 갈래?"

나는 결심했다. 그렇게 해서 네가 살아가는 원동력이 될
수만 있다면, 조금만 욕심을 부려보기로.

20.

"그럼, 내가 널 좋아해도 상관없겠네."

맞닿은 네 입술이 너무나 달콤해서. 아아. 이대로 지구가 멸망해 버린다면 딱 좋을 텐데. 그런 생각을 하고 말았다.

욕심, 미련, 그런 것들이 잇따라 발치를 잡고 늘어진다. 내딛는 걸음이 무거웠다. 끝을 고할 장소는 이미 정해 두었다. 대관람차……는 이러다 너 트라우마 생기는 건 아니겠지. 으음. 하지만 이제 와서 장소를 바꾸기도 마땅치 않았다.

미안하다. 그래도 나는 네가 살아갔으면 해.

사실은 나도 살고 싶었다.

21.

"아. 살아 있었으면 이런 일 저런 일 해 보고 싶은 게 정말
많았는데."

그래. 해 보고 싶은 일이 정말 많았다. 너랑 해 보고
싶었던 일이……, 네가 내게 꼭 여자가 아니어도. 그냥
동생이어도, 그래도 같이 해 보고 싶은 일이 참 많았다.
살고 싶었다. 살아서 너와 함께 했으면 했던 수많은 일을
차근차근 해 내고 싶었다. 사실은 그저, 네 곁에 있을 수
있기만을 바랐다.

그럴 수만 있다면 나는 뭐든 할 수 있을 텐데.

그러나 둘 중에 하나만 살 수 있는 거라면, 그렇다면
나는.

"정희완."

내가 사는 것보다 네가 사는 게 좋다.

"……왜."

"이런 건, 그냥 사춘기 감성일 뿐이야. 거기서 시간이
조금만 지났어도 아마 새까맣게 잊어버렸을걸."

거짓말이다. 시간이 잊게 만들 거라면, 그렇게 얄팍한
감정이었다면 내가 왜 아직도 이러고 있겠어. 그래도.

"우리 시간이 그때 멈춰 버렸기 때문에 아직도 이어지고
있는 거지. 고작, 그런 거야."

너는 잊어버려. 왜 이렇게 사냐. 너를 보고 있으면 약간 화가 나려고 해. 왜 살려 달라고 하지 않는 건데. 그랬다면 일주일이나 끌 필요 없이 모든 게 정말 쉬웠을 텐데. 네가 살고 싶다고 말했다면, 그랬다면 말이야. 내가 이렇게 미련이 남을 리가 없잖아.

"그러니까 이제 그만 잊어버려."

미련이 끈덕지게 달라붙어 질척거렸다. 에라, 김람우. 이 오징어 같은 새끼. 괜찮다. 시간은 많았다. 천천히 마음 정리하지, 뭐. 언젠가 너의 명이 다하는 순간이 오면 우리는 다시 만날 테니까.

"가자. 이제 끝낼 시간이야."

22.

"……김나무."

네가 드디어 내 이름을 불렀다. 세 번, 계약이 완성되었다.
너와 나의 수명을 바꾸는 계약이. 하여튼 지지리도
고집불통인 정희완. 네 입을 여는 게 이렇게 힘들다. 갖은
거짓말을 더해 간신히 성공했다. 조금만 더 늦었으면 실패할
뻔했잖아.

"정희완, 이제 그만 잠에서 깨어날 시간이야."

네 눈이 어지럽게 흔들렸다. 그대로 의식을 잃은 너를
데리고, 나는 병원으로 향했다. 내가 이제껏 신세를 졌고
지금은 너의 몸이 누워 있는, 그곳으로.

"어떻게 된 건지 이제 알겠어?"

"……나, 왜 살아 있는 거야?"

너는 죽은 듯이 잠들어 있는 네 몸을 마주하고서도 퍼뜩
상황을 납득하지 못했다. 간혹 이런 경우가 있다. 몸에서
튕겨 나올 때의 충격이 지나치게 크면 직전의 기억을 잃곤
하는 것이다.

"안 죽었고, 이제 안 죽을 거니까."

"아."

드디어 상황을 인식한 네가, 하얗게 질린 손바닥으로 자기
입술을 틀어막았다. 한참 만에야 네가 띄엄띄엄 말했다.

"이것도……, 꿈이야?"

"아니."

"이제 죽는 거야?"

"아니."

이런, 정희완. 아직도 그런 바보 같은 질문을 하네. 정말 몰라서 묻는 거야?

"왜."

"내가 너를 죽게 놔둘 리가 없잖아. 내가 너를 얼마나…….'"

좋아하는데. 차마 끄집어 내지 못한 말이 또다시 몸 안을 헤매다 흩어져 간다. 나는, 그저 웃는 것 외에는 너에게 해 줄 수 있는 일이 없다. 좋아한다. 말하고 싶다. 좋아해. 말하고 싶어.

하지만.

"또, 나만 두고 가는 거야?"

"기다릴게. 천천히 와."

이건, 그냥 잠시 헤어지는 거니까. 우리는 금세 또 만날 거니까. 내 고백은 그때로 미뤄 둘 테니 너는 마음껏 행복하게 삶을 누렸으면 했다. 씩씩하게, 재밌게, 즐겁게.

그러니까.

"오래오래 살아. 백 년 뒤에 다시 만나기로 약속했잖아."

이제 이별과 또 다른 기다림만이 남았다.

23.

나는 그렇게 또 한 번 네 곁을 떠났다.

24.

혜성이가 있는 납골당을 찾는 것은 그렇게 어렵지
않았다. 약속했던 대로 냉장고를 뜯어 오진 못했지만,
음료는 잊지 않고 챙겨 왔다. 카메라가 낯설었던 걸까, 약간
얼떨떨한 표정을 한 혜성이의 사진 뒤로 아마 그 애의
언니가 가져다 놓았을 편지와 과자가 놓여 있었다. 그 옆에
챙겨 온 과일주스를 열을 맞춰 세워 두었다.

아직 새파란 신입 저승사자라, 나는 네가 어디로
갔는지는 잘 모른다. 그러나 너는 착하고 고운 아이니까
분명 좋은 곳으로 갔을 것이다.

잠시 사진 속 그 애의 얼굴을 들여다보다 발을 뗐다.
여자애들 서넛이 우르르 몰려오고 있었다. 그 애들은 나를
보지 못한 것처럼 스쳐 지나갔다. 당연한 일이었다.

어라. 나는 그대로 길을 따라 걷다 말고 고개를 돌렸다.
무리 중 한 아이의 얼굴이 낯익었다. 윤주였다. 그 애가
예쁜 봉투에 둘러싸인 편지를 들고 사진 속 혜성이를 향해
환하게 웃었다.

한동안 곁을 지키고 선 채로 그 애들이 명랑하게 쏟아
내는 이야기를 듣다가, 나는 몸을 돌려 납골당을 나왔다.
살아 있는 사람들은 살아간다. 내가 사랑하는 사람들 역시
살아가고 있겠지.

그리고 나 역시.
너를 기다리며.

네가 없는, A.

0.

네가 떠난 뒤로, 나는 매일 일기를 쓰는 버릇이 생겼다.

딱히 굉장한 내용을 쓰는 건 아니다. 그냥 오늘 하루 있었던 일을 쓰고, 내일의 계획을 쓰고, 그간 네가 써 준 버킷리스트에 얼마나 많은 줄을 그었는지 쓴다.

언젠가 너를 만나면 보여 줄 수 있도록, 네가 없는 나날을 보내는 나의 하루하루를.

1.

어제는 너와 함께 보았던 영화의 다음 편을 관람했다. 혼자 간 건 아니었다. 네가 당부했던 대로, 이제 나에겐 친구가 생겼으니까.

영현이가 미리 예매한 티켓을 출력하는 사이, 나는 서둘러 매점 앞에 줄을 섰다. 팝콘을 사기 위해서였다. 이런 걸 좋아해 본 적은 없지만, 문득 네가 한 말이 생각나서.

언제나 처음인 것처럼 여겨야 뭐든 재밌는 거야!

티켓을 뽑고 돌아온 영현이는 내 손에 들린 팝콘을 보더니 배를 잡고 웃었다.

하필 사도 그걸 샀어! 남의 뇌수 파먹는 기분이잖아, 그거!

뭐가 그렇게 웃긴지 모를 일이었다.

나는 단지, 이게 오늘 볼 영화 속의 캐릭터라 골랐을 뿐인데.

너, 그거 알아?

……뭘.

세상천지에 너처럼 진지한 표정으로 팝콘 들고 있는 애는 또 없을 거란 거. 표정만 보면 아주 그 팝콘이 연구자료라고 해도 안 놀라겠어.

친구가 되고 나서야 알게 된 사실인데, 이 애는 살짝 짓궂은 면이 있다.

……그래서, 안 먹을 거야? 이 뇌수.

에이. 누가 안 먹겠대? 정희완이 사는 건데! 잘 먹겠습니다.

내 손에 들린 팝콘을 냅다 뺏어 들고 극장 안으로
향하는 내내 그 애는 터져 나오는 웃음을 주체하질 못해
싱글벙글한 얼굴이었다. 내가 매점 앞에 서서 그 무뚝뚝한
표정으로 팝콘 세트 주세요, 같은 말을 하는 장면을
떠올리기만 해도 그렇게 웃길 수가 없다고 했다.

도저히 이해할 수 없는 감성이다.

그래도 나쁘지는 않았다. 함께하는 시간이 즐겁다는 건,
좋은 일이니까.

네가 꼭 보라며 포스터를 쥐어 줬던 시리즈의
후속편이었다.

영화 속 히어로들은 여전히 유머러스했고, 정의감이
넘쳤으며 어떤 위기가 닥쳐도 마지막엔 항상 세계를 구해
냈다. 너는, 너라면 틀림없이 이 영화 역시 좋아했을 것이다.
내 감상에 영현이는 미간을 찌푸리고 투덜거렸다.

구한 건 맞는데, 걔네가 더 많이 부순 것 같다는 생각은 나만
하는 거야?

글쎄. 그런 게 중요한가.

극장을 나와 집으로 돌아가는 길, 거리마다 한가득
피어난 벚꽃을 보았다. 또다시 봄이 왔다. 하늘하늘 떨어져
내린 꽃잎들이 어떤 흔적처럼 길 위에 번져 있었다. 바닥에

분홍 카펫이 깔렸다고 말했더니 영현이가 또 깔깔대고
웃었다. 그제야 조금 알 것 같았다. 그 애는 그냥, 내가 뭘
하든 다 재미있는 모양이었다.

　방금, 벚꽃 처음 보는 유치원생 같았어.

　…….

　종종 느끼는 건데, 그 애는 너와 아줌마를 닮았다.
내가 뭘 하든 웃는 점이나, 나로선 이해할 수 없는 영역의
사람들이지만 싫지는 않다는 점까지 포함해서.

2.

곧 여름이 목전이었다.

네 식구가 한데 모여 다가올 휴가에 관해 이야기를
나누다, 다 같이 여행을 떠나는 건 어떻겠냐는 결론이
나왔다. 첫 가족 여행인 셈이었다.

엄마는 계획을 세우는 내내 들뜬 기색이었다. 몰랐는데,
비행기를 타 보는 건 처음이라고 했다. 나도 처음이었다.
아빠는 내색하지 않았지만 역시 처음인 것 같다.

그런 우리 셋을 두고 영현이가 씩 웃으며 말했다. 그럼
다들 그건 모르시겠네? 비행기를 탈 땐 신발을 꼭 벗고
타야 해요.

누가 그런 말에 속을까 싶었지만, 비행기에 오르기 직전
아빠가 잠시 머뭇거렸던 걸 보면 꼭 그렇지만도 않은
모양이다. 엄마는 그런 당신의 등을 떠밀며 웃었다. 나는
희람이를 안고 그 뒤를 따랐다. 자리에 앉아 벨트를 매던
순간엔 다소 긴장했던 것도 같다.

마침내 비행기가 이륙하던 때. 맑게 갠 하늘을 보며 가방
안에 넣어온 사진을 생각했다.

봐. 우리의 첫 가족 여행이야. 실제로 곁에 있는 건
아니어도 모두의 마음속에 네가 있다. 그러니까, 이건 너도
함께 가는 여행인 거라고.

3.

애매한 계절이었다.

늦봄이라고 하면 늦봄일 테고, 초여름이라고 하면
초여름일. 육지와는 달라 거세게 불어오는 바람 사이에선
봄과 여름의 냄새가 공존했다. 달고 텁텁한, 또 어딘지
미지근한 향이.

아빠는 최근 사진에 취미를 붙였다. 그간 누리지 못한
것들을 보상이라도 하듯이, 희람이나 엄마나 내 사진을
찍고 또 찍고 하다 그게 취미로까지 발전한 것이다. 낯선 섬
곳곳을 돌아다니는 동안 당신의 손에선 카메라가 떨어질
줄을 몰랐다.

셔터 소리가 잇따라 울렸다. 엄마는 희람이를 꼭 안고
다양한 포즈를 취했다. 석양이 내린 바닷가에서, 우뚝
솟은 나무 아래 숲길에서, 미로로 구성된 정원에서, 이름
모를 야생화 앞에서. 멀찍이 폭포를 바라보며, 눈처럼 하얀
백사장을 딛고 서서, 그리고 희미한 볕이 비쳐드는 검은
동굴 안에서.

"희완아! 어서 와! 너도 같이 찍어야지!"

가끔은 나와 나란히 서서.

그 모든 풍경들이 믿을 수 없을 만큼 다정했다.

"희람아, 언니 해 봐. 언니."

"어마. 어무무."

"우리 희람이는 언제쯤 말이 트이려나?"

"……두 살이니까, 아직 일러요."

보통은 엄마나 아빠부터 말해 보라고 할 텐데, 엄마는
늘 언니부터 해 보라며 채근이었다. 유모차 안의 희람이는
그저 방긋방긋 웃었다. 기분이 좋은 모양이네 하며 엄마가
따라 미소 지었다. 희람이를 관찰하며 알게 된 건데, 아기란
꽤 흥미롭다. 이렇게 웃다가도 금세 울음을 터트리곤
하니까. 매번 종잡을 수 없는 반응을 보여 주는데, 그 안에
저 나름대로 작지만 알찬 세상이 있을 거라고 생각하면
참을 수 없이 사랑스럽다.

보던 책을 내려놓고 가까이 다가서자 엄마가 자리
한쪽을 내주었다. 그러다 흘끔, 내가 내려둔 책의 제목을
발견했던가 보다.

"세상에, 이게 뭐야. 사진으로 쉽게 따라 하는 우리 아이
육아법?"

"……아기의 발달 단계가 사진으로 정리돼 있어서
이해하기 편해요."

"희완아……."

당신은 잠시 말을 잇지 못하고 눈물을 글썽거렸다. 이런
점도 내게는 놀라운 것들 중 하나다. 엄마는 웃음이 많은
만큼 눈물도 많았다. 너는 언제나 서글서글하게 웃을 뿐, 내

앞에서 눈물을 보인 적은 한 번도 없었는데.

무슨 차이일까.

"우리 희완이, 이렇게 착해서 어쩌지. 이렇게 예쁜데
착하기까지 해서 어쩌지."

엄마는 내 목을 와락 끌어안고 한참이나 울먹였다. 나는
할 말이 궁해졌다. 그냥, 좋아서 하는 일인데. 고민하다, 그
등을 마주 안았다.

그사이 아빠는 셔터를 멈추고 내가 보던 책을 들춰 보고
있었다. 당신의 미간에 주름이 잡혔다. 한 장 한 장 넘길
때마다 음, 음 하고 고개를 끄덕이는 품이, 그 내용에 퍽
심취해 버린 것 같다.

내가 잘할게, 우리 딸. 사랑해. 엄마가 속삭였다. 등이
화끈거렸다. 아무리 생각해도 이 사람 많은 카페 발코니에
앉아서 연출할 만한 장면은 아니지 싶은데.

네가 여기에 있었다면 뭐라고 했을까.

글쎄. 너라면, 아마. 부끄러워하기는커녕 아빠까지 끌어다
앉혀 두고 사랑해를 제창시키지 않았을까. 그런 생각이
들자 어쩔 도리 없이 웃음이 번졌다.

"……저도요."

언젠가 읽었던 책의 한 구절이 떠올랐다. 사랑한다는
말은 미루지 않는 거라고 했다. 내일이 있으니까, 또 모레가
있으니까 하고 미루다 보면 그만큼 멀어져 버린다고.

그렇다면, 지금까지 하지 못한 것만큼 좀 더 부지런해져야
하지 않을까.

네가 만약 지금 나를 본다면, 틀림없이 잘했어 하며 씩
웃을 것이다. 그래서 나는 너를 대신해 아빠를 끌고 와
말없이 눈짓으로 종용했다.

"⋯⋯사랑⋯⋯, 흠."

아빠가 온전한 한 문장을 완성해 내는 데는 시간이 좀 더
걸렸다.

그래도 괜찮았다.

네가 떠난 뒤로, 나에게 기다림은 즐거운 일이
되었으니까.

4.

깊은 밤, 다른 가족들이 모두 잠든 뒤, 나는 슬며시 문을 열고 테라스로 나갔다. 한 손에 영현이가 찍어 준 너와 나의 사진을 들고.

보여?

별이 지나치게 가까워서, 머리 위로 쏟아져 내릴 것 같아.

오늘 또, 네가 써 준 버킷리스트에 한 줄을 그었어. 모두 긋고 나면 새로운 항목을 더해 볼까 해. 희람이가 좀 더 자라면 같이 할 수 있는 일이 많아질 테니까. 거기에 맞춰서 하나하나 늘려보고 싶어. 몇 가지 항목은 내 맘대로 빼 버렸어. 그건, 이해해 줘.

네가 아니면 할 수 없는 일들이, 네가 아니면 하고 싶지 않은 일들이.

정말 많이 있으니까, 나에게는.

"보고 싶다……."

짙게 어둠이 깔린 밤하늘은, 그리고 그 속에서도 바래지 않고 반짝이는 별은 아름다웠다.

언젠가, 너와 내가 모래사장에 걸터앉아 올려다보았던 그 하늘처럼. 오래된 사랑 노래가 들려오고 달콤한 바람이 불고 나는 맥주 캔을 홀짝이고 너는 탄산음료만 연거푸 들이켜던, 그때처럼.

앞으로도 가끔은 너를 그리워하겠지. 시간에 밀려 차츰 기억이 희미해지고 나면, 그래 그런 사람도 있었다……, 정도로 너를 추억하게 될지도 모르겠지만.

그때, 나에겐 네가 내 전부였으니까.

그러니까 네가 남겨준 것들을 하나하나 모두 소중히 여기며 네가 나를 위해 놓아 준 이 길을 천천히 따라갈 거야. 시간이 아주 많이 흐르고 너를 다시 만나면 그땐 말할게.

"안녕, 람우야."

번번이 미루고, 또 망설이다 내가 놓쳐 버린 말을.

5.

"좋아해. 쭉 좋아해 왔어."
그렇게.

네가 없는, B.

0.

"Trick or treat!"

"……뭐냐. 방정맞게."

"곧 할로윈이잖습니까."

"이게 어디서 서양 명절 따윌 들이대?"

이래저래 따라다니며 일을 배우다 알게 된 건데, 나의 까마득한 선배이자 동료인 이 빨간 옷의 저승사자는 조선 시대 사람이었다고 한다. 어쩐지 하는 말마다 앞뒤가 꽉 막혔다 싶었지. 몇 백 년 묵은 꼰대였어 하고 몰래 툴툴거렸는데 그게 또 들렸는지, 무시무시하게 날 선 시선이 나를 향했다.

한마디만 더 보탰다간 내 목이라도 따려 들 기세다.

에이, 뭐 어때서. 즐기라고 있는 게 축젠데 서양 명절이든 동양 명절이든 뭐 어떻담. 나는 머리에 뒤집어썼던 잭 오 랜턴을 벗어 한쪽 옆구리에 꼈다. 이래 보여도 이거, 아이들에게 인기가 좋다. 이걸 쓰고 Trick or treat! 하고 외쳐 주면 다들 까르륵 넘어간다니까.

오늘, 내 구역에 아직 한참은 어리고 자그마한 아이의 죽음이 있었다.

죽음은 사람을 가리지 않고 찾아든다. 때를 가늠해 기다려 주는 법도 없고, 적절한 시기를 가려내지도 않는다.

그 사실을 머리로는 알고 있어도 마음으로까지 인정하기는 쉽지 않았다. 그래서 궁리해 낸 게 고작 그따위 광대 짓이냐고 선배는 혀를 찼지만, 나는 잠시나마 그들의 발길을 가볍게 해 줄 수만 있다면 뭐든 할 생각이었다.

"그래. 할로윈이라고 했지."

"네, 할로윈. 망자와 산 자가 한데 어울리는 축제죠."

관심 없으신 것 같지만.

"귀찮게. 마침 그때군. 이렇게 딱 맞물리는 일은 드문데."

선배가 중얼거렸다. 뭐가 맞물린다는 건지, 별의 행로라도 맞아 떨어졌답니까? 뭐, 그랜드 크로스 어쩌구 하는 거.

"가끔 이런 날이 있지. 산 자와 죽은 자의 채널이 맞아떨어질 때가. 자주는 아니야. 대충 백 년에 한 번 정도인가."

"이야, 말 그대로 할로윈이네요."

"아직 이게 무슨 의민지 모르는 모양인데, 신입."

거참, 나름 저승사자로 몇 년이나 굴렀는데 아직도 신입이래.

"그런 날엔 죽은 자들에게 걸린 제약이 약해져. 우리도 마찬가지지."

"……어, 그거 설마……?"

"그래. 만나러 갈 수 있단 소리다."

심장이 덜컹 내려앉았다.

1.

죽음이란 때를 가리는 법이 없다.

그건 할로윈 당일에도 마찬가지라, 나는 종일 바빴다.
산 사람이었다면 화장실 갈 틈도 없었노라 푸념을
잔뜩 늘어놓았을 것이다. 안 가도 돼서 다행이다. 어째,
평상시보다 더 피곤한 것 같다고 투덜댔더니 선배가 말했다.
당연하지. 죽은 자들에게 걸린 제약이 약해지는 날이라고
했잖아, 하고.

그래서 다들 그렇게 요리조리 쏙쏙 잘도 도망친
거였구나! 어쩐지 오늘따라 하나같이 엄청들 날쌔기에 무슨
일인가 했다.

어쨌거나, 그것도 이제 끝났다. 나는 명부를 품 안에 대강
쑤셔 넣었다. 어느새 해가 질 시간이었다. 얼마 남지 않았다.
네 얼굴을 볼 수 있을지도 모르는 시간이.

"만나러 갈 거냐?"

"생각 중입니다."

"안 가는 게 좋을 거다."

"그, ⋯⋯왜요?"

"바란 적도 없는 삶이 추가로 주어졌다. 잘사는 사람도
있겠지만, 못사는 사람도 있겠지. 어느 쪽이든 이쪽이
보기에 썩 달가운 광경은 아니야."

한량없이 쓸쓸한 말투고 표정이었다. 먼 과거를 되새기는 듯한 그 눈에서, 차마 다 잴 수도 없을 만큼 무거운 쓸쓸함이 묻어났다.

혹시 해서 묻는 건데.

"만나러 간 적…… 있습니까?"

"글쎄. 있다고 하면 있는 거고 없다고 하면 없는 거겠지. 알아서 잘 해 봐라."

그는 한 손에 들고 있던 초코 우유를 쪽쪽 빨며 그대로 등을 돌렸다. 나는 그 자리에 쪼그리고 앉았다. 오랜만에 진지할 뻔했는데, 저 초코 우유가 다 망쳤다.

"……갈까, 말까."

너는 잘 지내고 있을까. 혹은, 못 지내려나. 그런 의문은 중요하지 않다.

나는 너를, 그리고 내가 사랑하는 사람들을 믿는다. 분명 모두 서로의 삶을 위로하며 함께 울고 웃는 나날을 열심히 살아가고 있을 것이다. 문제는 나지. 너를 마주하고 나면 통 쉽게 발이 떨어지지 않을, 나.

2.

인근의 놀이공원으로 향한 건, 뭐 특별한 이유가
있어서는 아니었다. 그냥 이 축제의 대열에 합류하고
싶었다고 할까.

그러니까, 그 가운데서 길을 잃고 엉엉 울고 있는 이 애를
만난 건 정말로 우연이었다.

"짜잔, 귀여운 꼬마 아가씨. 왜 울고 있어?"

"……호박."

"그래, 호박 오빠야. 나한테 말해 볼래?"

"우리 언니가, 낯선 사람이랑은 말하지 말라고 했는데.
정상적인 어른은 모르는 어린애한테 친한 척 안 한다고
했어요!"

정희완은 여전하구나.

나도 모르게 슬 웃음이 번졌다. 그래 봐야 잭 오 랜턴을
뒤집어쓰고 있으니 이 애한텐 안 보이겠지만. 자, 어떻게
말해야 경계심을 허물어 주려나.

"언니가 있어?"

"으응. 우리 언닌, 예뻐요!"

순간 훌쩍이던 것도 잊고 두 주먹을 불끈 쥔 채로
외치는 그 애가 귀여워서 도저히 웃음을 참을 수가 없었다.
보자마자 첫눈에 알았다. 동글동글한 눈매에 사르르 웃는

입매는 우리 김 여사를 닮았고, 반듯한 이마나 오똑한 코는 정희완을 닮았네. 아저씨, 아니 아빠의 흔적은, 어디 보자. 요 유난히 새까만 머리카락인가?

"그럼, 어디 가지 말고 여기서 잠깐 기다릴래? 내가 언니를 데려올 테니까."

"우리 언니 알아요?"

"몰라. 근데, 보면 딱 알 수 있을 것 같네."

"어떻게?"

"이 오빠는 사실 마법사거든. 보기만 하면 뭐든지 알아맞힐 수 있지."

"거짓말!"

"아냐. 진짜야."

"함부로 거짓말하면 나쁜 사람이에요!"

그러며 허리에 손을 척, 얹는데 표정이 자못 엄격하다. 안 되겠다. 나는 제발 아무 데도 가지 말고 여기 있어 달라고 싹싹 빈 뒤 얼른 주변의 안내소를 찾아 뛰어 들어갔다.

"저기, 방송 좀 부탁드립니다!"

워낙 혼잡한 날이다 보니 미아가 된 애들이 제법 여럿 있었던 모양이다. 직원은 당황하지 않고 나에게 아이의 인적사항을 말해 달라고 했다. 인적사항, 인적사항. 그러니까, 한 다섯 살 정도 되어 보였고. 이름은……, 생각해 보니까 그 아이 이름을 모른다.

에이. 예로부터 모르면 일단 찍으면 된다고 했다.

"정희람, 정희람 어린이가 언니 정희완 씨를 찾고 있다고
해 주세요. 회전목마 앞에서 기다리고 있다고요."

만약 틀리더라도, 정희완이라면 금세 눈치 채고 달려올
것이다. 그리고 나는 틀릴 리 없다고 믿었다. 엄마나
정희완이나, 글쎄. 뻔하지 뭐. 내가 그 둘을 하루 이틀
알아온 것도 아닌걸.

3.

그러고 다시 죽어라 뛰어 돌아가니, 다행히 그 애는 어디 가지 않고 그 자리에 있었다. 회전목마 앞에 멀뚱멀뚱 서서는 연신 주위를 두리번댄다. 어느새 울음은 뚝 그친 상태였다.

"호박!"

그 애가 나를 발견하고 활짝 웃으며 외쳤다. 큰일이다. 이 녀석, 성격은 자기 언니를 하나도 안 닮았잖아? 붙임성이 좋다는 게 나쁜 일은 아니지만 요새 세상이 좀 험해야 말이지. 이 오빠가 걱정이 많다, 희람아.

참.

"너, 이름이 뭐야?"

"모르는 사람한테 이름 가르쳐주는 거 아니랬어."

"좋아. 그럼 내가 맞혀볼게."

"헤, 힌트 줄까?"

"아니. 우선 기회를 줘. 어디 보자……. 정희연?"

"땡!"

"그럼, 정희빈?"

"땡!"

"그럼, 정희경?"

"아이참, 땡!"

그 애가 발을 동동 굴렀다. 답답한 모양이었다. 역시, 내가 생각한 게 정답인가 보네.

"정희람. 맞지?"

"어떻게 알았어요? 안 가르쳐 줬는데?"

"마법사라고 했잖아."

"거짓말."

"요 의심 많은 꼬맹이, 너 산타는 믿어?"

자그마한 턱이 아래위로 두어 번 흔들렸다. 그 애가 두 손을 꼭 모으고 반짝이는 두 눈으로 말했다.

"이건 비밀인데, 산타 할아버지는 사실 할아버지가 아니에요."

"그럼?"

"언니예요. 우리 언니."

"언니가 그렇게 좋아?"

"응! 우리 언니는 예뻐요! 착하고, 다정하고, 세상에서 언니가 제일 좋아."

"엄마는?"

"엄마는 그다음. 아빠는 그다음 다음."

이쯤 되면 우리 집안 피에 정희완한테만 반응하는 뭐가 있는 게 아닌가 싶다. 어떻게 김인주 씨부터 시작해서 나에, 너까지 정희완만 보면 좋아서 어쩔 줄을 모르냐.

"희람아!"

아.

그 찰나에 등이 뻣뻣하게 굳었다. 너다. 물기가 가득 밴 네 목소리가, 그대로 내게 날아와 꽂히기라도 한 것 같았다.

"언니!"

희람이가 나를 지나쳐 한달음에 너에게로 뛰어간다.

봐, 내 믿음이 맞잖아. 누군가에게 보여 주고 싶다. 너는, 그리고 내가 사랑하는 사람들은. 나 없이도 이렇게 씩씩하게 잘 살아가고 있다고. 그 덕에 나는 행복하다고.

자. 첫 발짝을 떼는 것은 어렵지 않았다. 두 번째는 좀 더 쉬웠다.

"언니, 울어?"

"……안 울었어."

"거짓말하면 엉덩이에 뿔 난댔는데."

"그런 거 안 나."

네 목소리가 점점 더 멀어져 간다. 나는 뒤돌아보지 않았다. 네 얼굴을 보면, 그 순간 참을 수 없게 될까 봐.

"어떻게 된 거야? 계속 여기 있었어?"

"그게 있지, 삐에로를 따라왔는데……. 어, 언니 지금 무서운 표정 지었다. 화났어?"

"……안 났어. 그치만, 속상해. 언니랑 같이 갔었어야지."

"응, 그게, 언니를 부르려고 했는데……. 참, 언니. 저기 호박 오빠가 언니 불러 줬다?"

"호박?"

"응, 저기에……. 어? 안 보이네? 어디 갔지?"

나는 발을 재촉했다. 어서 빨리 이 인파에 묻혀, 네가 나를 볼 수 없도록. 그럼에도 그 걸음은 느렸던 모양이다.

"……나무야."

네가 나를 불렀다. 아. 시간이 정말, 얼마 남지 않았는데. 어떻게 할까, 고민하다 나는 그대로 한쪽 손만 살짝 들어 보였다. 이 정도면 됐다. 너와 나의 만남은, 너의 시간이 다한 뒤로 미뤄 놨으니까. 나는 그거면 충분하니까.

그나저나, 나무 아니고 람우라니까. 너는 대체 언제나 돼야 내 이름을 똑바로 발음할래.

뭐, 그건 그거대로 좋지만.

"고마워."

그걸로 끝이었다.

너는 나를 잡지 않았다. 나는 돌아보지 않고 놀이공원을 떠났다. 할로윈이 저물어 간다. 산 자와 망자의 채널이 맞닿는 시간이, 너를 만나서도 대화해서도 안 된다는, 내게 주어진 제약이 허물어지는 시간이 빠른 속도로 끝을 향해 가고 있었다. 이 하루의 마무리는 뭐가 좋을까. 그래, 그게 좋겠다.

"으차. 오랜만에 납골당이나 가 볼까."

나는 그저 네가 행복하기만을 바랐다. 그러니 다행이었다.

네가 행복해 보여서. 네가 좋아 보여서. 그러니까, 정희완.

재회는 조금 뒤로 미루자.

네 삶이 끝나는 날에. 그때는 꼭 말할 테니까.

내가 너를, 참 많이 좋아한다고.

Fin.

후기

저승사자가 아는 사람의 모습으로 나타난다는 건 언젠가 스치듯이 보았던 괴담이 그 출처입니다. 그런 이야기가 몇 가지 있지요. 돌아가신 큰아버지의 모습을 한 저승사자가 아버지를……, 이라든가. 돌아가신 친척 누군가가 문을 열어 달라기에 열어 줬더니 저승사자였다든가.

재혼 가정의 비혈연 남매는 법적으로 결혼이 가능하다고 합니다. 우리나라 정서상 받아들이기 힘들지 않을까 싶지만요.

정희완은 단절된 세상에서 살아가고 있는 사람입니다. '네'가 죽은 뒤로 내내 그 시간에 멈춘 채, 자기 안의 세상에 웅크리고 앉아 누구에게도 곁을 내어주지 않는 그런 아이예요. 그 갑갑할 정도로 좁은 세상이, 딱 그 시야 안에서 보이는 만큼만 온전히 드러났으면, 하는 생각으로 써 내리다 보니 다소 설명이 부족한 부분이 있었으리라 짐작됩니다.

몇 가지 첨언하자면, 람우는 저승사자이고, 그에 따른 여러 가지 능력을 사용할 수 있습니다. 또한 희완이의 세상에는 람우밖에 없어요. 오로지 그 한 점에 집중했기 때문에, 그만큼 집념이 강한 생령이었을 겁니다. 더군다나 자신은 살아 있는 상태라고 굳게 믿고 있었으니까요. 람우는 초능력도 귀신도 영적 현상도 믿어 본 적이 없습니다. 그야 있으면 재밌기는 하겠지, 라는 주의입니다. 뭐든지 믿음이 기적을 일으키는 법 아닐까요. 두 사람이 일주일 동안 겪었던 일은 산 사람의 세상에서 일어난 일이기도, 아니기도 합니다. 어떤 건 흔적을 남겼고 어떤 건 남기지 못했습니다. 그렇게 보아 주시면 될 것 같습니다.

그 외에도 희완이 엄마에 대한 이야기라든가, 정일범 씨의 대학 시절 연애사라든가(두 사람은 같은 대학에서 만나 시끌벅적하게 연애하고 결혼까지 이르렀답니다), 그 누나에 대한 이야기라든가(호탕한 성격, 국제결혼으로 현재는 미국 거주 중), 빨간 옷 저승사자(이름은 명운입니다, 본명은 아니지만)의 개인 사정이라든가 설정은 있었지만 풀어내지 못한 이야기가 제법 많답니다. 언젠가 떠들 기회가 있다면 좋겠네요.

어느 추운 겨울날, 느닷없이 찾아왔던 이야기입니다. 이렇게 글로 정리해내는 데는 시간이 좀 걸렸지만요.

힘내서 살아갈 수 있도록 용기를 북돋아 준 사람에게, 어떻게든 감사하는 마음을 전하고 싶어서 쓰기 시작했던 기억이 납니다.
첫 작품이었고, 쓰는 동안 정말 여러모로 너무 힘들고 어려웠지만
그래도 많은 위로가 되었었습니다. 부디 읽어 주시는 동안
잠깐이라도 즐거우셨길, 또 가능하면 위로가 되셨기를 바랍니다.

　기다림은 곧 설렘이라는 말은 제가 가장 좋아하는 배우분이 해
주신 말씀입니다. 많은 위로가 되었던 말이기에 살짝 빌렸습니다.
정성 들여 내어주신 따뜻함에 힘입어 여기까지 올 수 있었습니다.
감사합니다.

종이책의 감성을 온라인으로
황금가지의
온라인 소설 플랫폼

인기 출판소설 무료 연재 중!

내가 죽기 일주일 전

1판 1쇄 펴냄 2018년 3월 2일
1판 12쇄 펴냄 2024년 10월 15일

지은이 | 서은채
발행인 | 박근섭
편집인 | 김준혁
펴낸곳 | 황금가지

출판등록 | 2009. 10. 8 (제2009-000273호)
주소 | 06027 서울 강남구 도산대로 1길 62 강남출판문화센터 5층
전화 | **영업부** 515-2000 **편집부** 3446-8774 **팩시밀리** 515-2007
홈페이지 | www.goldenbough.co.kr

도서 파본 등의 이유로 반송이 필요할 경우에는 구매처에서 교환하시고
출판사 교환이 필요할 경우에는 아래 주소로 반송 사유를 적어 도서와 함께 보내주세요.
06027 서울 강남구 도산대로 1길 62 강남출판문화센터 6층 민음인 마케팅부

ⓒ 서은채, 2018. Printed in Seoul, Korea
ISBN 979-11-5888-373-7 03810

㈜민음인은 민음사 출판 그룹의 자회사입니다.
황금가지는 ㈜민음인의 픽션 전문 출간 브랜드입니다.